Learn Esperanto with Detective Stories

Esperanto A1 Reader

Brian Smith

Copyright 2024

Brian Smith

La Diamanta Ringo

1. La Mistera Afero

Estas sunplena mateno en Londono. Privata detektivo Miller sidas en sia malgranda, ordigita oficejo, trinkante teon kaj foliumante siajn dokumentojn.

Subite, oni frapas ĉe la pordo. Sinjorino Carrington, kun maltrankvila mieno, staras en la sojlo. Ŝi evidente estas tre ĉagrenita. Miller kun rideto invitas ŝin eniri.

"Saluton, mi estas Sinjorino Carrington," ŝi diras nervoze. Miller kapjesas kaj atente aŭskultas.

Sinjorino Carrington rigardas siajn manojn kaj diras, "Mia kara diamanta ringo mankas. Ĝi estas granda, brila, kaj tre multekosta."

"Kiam vi lastfoje vidis ĝin?" demandas Miller per mallaŭta tono.

"Hieraŭ vespere, antaŭ ol mi enlitiĝis," respondas Sinjorino Carrington, kun malĝoja esprimo.

"La ringo estas tre grava por mi. Mia forpasinta edzo donacis ĝin al mi," ŝi aldonas.

Miller serioziĝas. "Mi helpos vin trovi ĝin," li diras kun firma tono.

Sinjorino Carrington ŝajnas iomete trankviliĝi. "Dankon. Ho, mi aŭdis strangan bruon hieraŭ nokte," ŝi pludiras.

Miller pripensas momenton. "Ni iru al via domo. Eble mi povos trovi kelkajn indicojn," li proponas.

Ili kune iras al la domo de Sinjorino Carrington. Ĝi estas granda, malnova konstruaĵo kun vasta ĝardeno. Miller ĉirkaŭrigardas en la ĝardeno kaj poste en la domo.

En la salono, li malkovras ion. Estas ŝpuroj de piedsignoj apud la fenestro, kaj ili ŝajnas freŝaj.

Miller genufleksas por pli proksime ekzameni ilin. "Mi pensas, ke la ŝtelisto eniris tra tiu ĉi fenestro," li diras, montrante la piedsignojn.

Sinjorino Carrington denove ekmaltrankviliĝas. Miller leviĝas kaj diras, "Ne zorgu, mi trovos vian ringon."

Ŝi ridetas iomete. "Dankon, Sinjoro Miller. Mi esperas, ke vi pravas."

Miller rigardas decideme. "Mi faros ĉion eblan," li promesas.

La ĉapitro finiĝas kiam Miller komencas sian esploron, kaj Sinjorino Carrington sentas sin iom pli esperplena.

1. aspekto - appearance
2. ĉagrenita - upset
3. decidita - determined
4. frapeto - knock
5. grava - important
6. malgranda - small
7. malĝoja - sad
8. maltrankvileco - anxiety
9. malviva - deceased
10. multekosta - expensive
11. nervoze - nervously
12. oficejo - office
13. ordigita - tidy
14. serioza - serious
15. sunplena - sunny

2. Kunigo de Indicoj

Miller komencas demandi al Sinjorino Carrington, kiuj lastatempe vizitis ŝian domon. Ŝi pripensas kaj poste diras, "La ĝardenisto estis ĉi tie hieraŭ. Li nomiĝas Sinjoro Green."

Miller decidas paroli kun la ĝardenisto. Li trovas Sinjoron Green en la ĝardeno. Sinjoro Green estas alta kaj portas grandan ĉapelon.

"Saluton, Sinjoro Green. Ĉu vi estis ĉi tie la tutan tagon hieraŭ?" demandas Miller.

"Jes, mi pasigis la tutan tagon en la ĝardeno," respondas Sinjoro Green, dum li rigardas siajn florojn.

Miller promenas ĉirkaŭ la domo. Proksime de la malantaŭa pordo, li trovas ion interesan: malgrandan, malpuran ganton kun truo en ĝi.

"Tio estas strange," pensas Miller. "Al kiu apartenas ĉi tiu ganto?"

Li decidas demandi la najbarojn, ĉu ili rimarkis ion nekutiman. Li parolas kun multaj homoj.

Sinjorino Baker, kiu loĝas apude, havas ion por diri. "Mi vidis grandan, nigran aŭton apud la domo de Sinjorino Carrington hieraŭ. Ĝi aspektis tre suspektinda."

Miller dankas ŝin kaj komencas serĉi la nigran aŭton sur la strato. Li promenas supren kaj malsupren, sed ne povas trovi la aŭton.

Li sidiĝas sur benko, serioze pripensante pri la ganto, la aŭto, kaj la vortoj de Sinjoro Green.

"Mi bezonas pli da informoj," decidas Miller. Li iras al la lokaj butikoj por demandi pri la ringo.

Li vizitas plurajn butikojn, parolante kun la butikistoj. "Ĉu vi vidis grandan, brilantan diamant-ringon?" li demandas.

Sed neniu vidis la ringon. Miller sentas sin perpleksa. "Kie ĝi povus esti?" li demandas al si.

La ĉapitro finiĝas kun Miller ankoraŭ serĉanta indicojn. Li ne rezignos. Li volas helpi Sinjorinon Carrington.

1. ankoraŭ - still
2. apartenas - belongs
3. aspektis - looked
4. benko - bench
5. butikistoj - shopkeepers
6. ĉapelo - hat
7. decidas - decides

8. demandas - asks
9. ganto - glove
10. ĝardeno - garden
11. konfuzita - confused
12. malantaŭa - back (adj.)
13. malpura - dirty
14. najbarojn - neighbors
15. pripensante - contemplating

3. La Poursado

Unu matenon, la telefono de Miller sonoras. "Saluton, mi vidis viron kun granda ringo," diras voĉo ĉe la alia fino.

Miller ekscitiĝas. "Kie vi vidis lin?" li demandas rapide.

La alvokinto priskribas la lokon. Miller dankas lin kaj tuj ekiras tien.

Li alvenas al homplena strato. Estas multaj homoj ĉirkaŭe. Miller atente rigardas ĉirkaŭ si.

Subite, li rimarkas viron en mantelo, kiu nervoze rigardas ĉirkaŭen. "Ĉu tiu estas li?" pensas Miller.

Miller komencas sekvi la viron. Ili rapide iras tra la homplenaj stratoj, inter la amaso da homoj.

La viro turnas angulon. Miller rapidas por kapti lin, preskaŭ perdante lin en la homamaso.

Sed poste, li vidas lin denove apud parko. Miller alproksimiĝas kaj haltigas la viron.

"Pardonu min, ĉu vi scias ion pri granda diamanta ringo?" demandas Miller.

La viro aspektas surprizita. "Ne, mi ne scias pri ringo," li respondas rapide.

Miller rimarkas ion elstarantan el la poŝo de la viro. Ĝi estas peco de papero. Miller prenas ĝin. Estas kvitanco de juvelaĵbutiko.

"Tio povus esti tre grava," pensas Miller.

Li iras al la juvelaĵbutiko, kiu estas malgranda kaj luksa.

Miller montras la kvitancon al la butikisto. "Ĉu vi memoras ĉi tiun ringon?" li demandas.

La butikisto rigardas la kvitancon kaj diras, "Jes, mi memoras. Viro vendis ĝin al mi."

Miller sentas ekscitiĝon. "Ĉu vi povas priskribi la viron?" li demandas.

La butikisto kapjesas kaj komencas priskribi la viron, kiu vendis la ringon.

La ĉapitro finiĝas kun Miller lernanta pli pri la ringo. Li estas pli proksima al solvado de la mistero.

1. alvokanto - caller
2. angulo - corner
3. aspektas - looks
4. butikisto - shopkeeper
5. ekscitiĝas - gets excited
6. haltigas - stops
7. homamaso - crowd
8. juvelaĵo - jewelry
9. kvitanco - receipt
10. mantelo - coat
11. nervoze - nervously
12. papero - piece of paper
13. parko - park
14. plenega - crowded
15. poursado - pursuit

4. La Turniĝo

Miller malkovras ion ŝokan: la viro, kiu vendis la ringon, estas Sinjoro Green, la ĝardenisto. Miller apenaŭ povas kredi tion.

Li reiras al la domo de Sinjorino Carrington por paroli kun Sinjoro Green. Li trovas lin en la ĝardeno.

"Kial vi prenis la ringon?" demandas Miller.

Sinjoro Green aspektas tre malĝoja. "Mi bedaŭras. Mi bezonis monon. Mia edzino estas tre malsana," li konfesas.

Miller sentas kompaton por Sinjoro Green. Tio estas malfacila situacio. Kion li devas fari?

Li decidas paroli kun Sinjorino Carrington kaj rakontas al ŝi ĉion.

Sinjorino Carrington aŭskultas atente. Ŝi ŝajnas surprizita, sed ne kolera.

"Mi ne vokos la policon," ŝi diras. "Ni prefere helpu Sinjoron Green."

Ŝi turnas sin al Sinjoro Green kaj diras, "Mi helpos vin kun la medikamento por via edzino."

Sinjoro Green estas tre dankema. Li redonas la ringon al Sinjorino Carrington.

Ŝi rigardas la ringon kaj ridetas. "Dankon, Sinjoro Miller. Vi faris bonegan laboron."

Sinjorino Carrington volas rekompenci Miller kaj proponas al li iom da mono.

Sed Miller kapneas. "Ne, dankon. Mi estas nur feliĉa helpi," li diras.

Miller forlasas la domon de Sinjorino Carrington kun bona sento. Li helpis kaj Sinjorinon Carrington kaj Sinjoron Green. Estis bona tago por li.

1. aŭskultas - listens
2. bedaŭras - regrets
3. dankema - grateful
4. elekto - choice
5. feliĉa - happy
6. forlasas - leaves
7. ĝardenisto - gardener

8. helpi - to help
9. kapjesis - nodded
10. kolera - angry
11. kompatas - sympathizes
12. malsana - sick
13. medicino - medicine
14. paroli - to speak
15. rekompenson - reward

5. La Klimakso

Ĵus kiam Miller pensas, ke la afero estas solvita, lia telefono denove sonoras. "Estas alia ŝtelisto," diras voĉo ĉe la alia fino.

Miller estas surprizita. Li rapide reiras al la domo de Sinjorino Carrington. Li devas malkovri pli da informoj.

Li trovas Sinjoron Green kaj denove demandas lin pri la ringo. "Ĉu iu alia estas implikita?" demandas Miller.

Sinjoro Green rigardas malsupren. "Jes," li diras mallaŭte. "Sinjorino Baker, nia najbarino, helpis min."

Miller apenaŭ povas kredi tion. Li iras al la domo de Sinjorino Baker, kiu loĝas apude.

"Ĉu vi helpis ŝteli la ringon?" demandas Miller.

Sinjorino Baker aspektas malĝoja. "Jes, mi faris tion. Mi bedaŭras," ŝi konfesas.

Ŝi rakontas al Miller, ke ŝi kaj Sinjoro Green planis la ŝtelon kune. Ili volis vendi la ringon por mono.

Sinjorino Baker redonas aliajn aĵojn, kiujn ŝi prenis el la domo de Sinjorino Carrington.

Miller revenas al Sinjorino Carrington. Ŝi estas ŝokita aŭdi pri Sinjorino Baker.

"Mi fidis ŝin," diras Sinjorino Carrington. Ŝi decidas voki la policon.

Baldaŭ, la polico alvenas kaj arestas Sinjorinon Baker kaj Sinjoron Green.

Miller parolas kun Sinjorino Carrington. "La afero nun estas finita," li diras.

Sinjorino Carrington dankas Miller. "Vi faris bonegan laboron," ŝi diras.

Miller ridetas. Li estas feliĉa, ke li povis helpi. Li foriras de la domo de Sinjorino Carrington, preta por sia sekva aventuro. La rakonto finiĝas kun Miller sentante sin fiera pri sia laboro.

1. afero - matter, affair
2. alvenas - arrives
3. aspektas - looks
4. aventuro - adventure
5. bedaŭras - regrets
6. dankas - thanks
7. deziris - wished, wanted
8. fermita - closed
9. fidis - trusted
10. foriras - leaves
11. helpis - helped
12. implikita - involved
13. klimakso - climax
14. najbarino - neighbor (female)
15. parolas - speaks

Murdo aŭ nur akcidento?

1. Mistera Malkovro

Frue matene en Londono, la suno ĵus leviĝas. La ĉielo estas nuancigita rozkolore kaj oranĝe. Ĝi estas tre bela.

Du kurantoj kuras laŭlonge de la Tamizo. Ili portas helkolorajn vestojn kaj sportŝuojn, parolante kaj ridante.

Subite, ili haltas. Ili vidas ion en la akvo. Ĝi aspektas kiel korpo. Ili estas ŝokitaj.

Unu el la kurantoj diras, "Ho ne! Ni devas voki la policon!" Ili rapide uzas sian telefonon por alvoki helpon.

Baldaŭ, la polico alvenas. Detektivo Smith kaj lia teamo venas, kun seriozaj mienoj.

La polico starigas flavan rubandon, sur kiu estas skribite "Ne Transiru". Tio estas por teni homojn for de la korpo.

Ili ekzameniĝas la korpon. Estas viro. Li portas mantelon kaj ŝuojn, sed ne moviĝas.

Detektivo Smith komencas esplori. Li volas trovi indicojn kaj agas tre zorgeme.

Li parolas kun la kurantoj. "Kion vi vidis?" li demandas.

La kurantoj respondas, "Ni ĵus kuris, kaj poste ni vidis lin en la akvo."

Apud la rivero, Detektivo Smith trovas monujon. Ĝi estas malseka. Li malfermas ĝin.

En la monujo estas karto kun la nomo de la viro: Sinjoro Jones.

Detektivo Smith denove rigardas la korpon. Ne estas tranĉoj aŭ sango. Tio estas stranga.

Li demandas al homoj ĉirkaŭe, "Ĉu vi vidis ion?" Sed neniu vidis ion.

Detektivo Smith pensas serioze. "Tio estas tre stranga afero," li diras. La ĉapitro finiĝas kun lia pensema rigardo al la Tamizo.

1. akcidento - accident
2. alvenas - arrives
3. afero - matter, affair
4. apud - next to, beside
5. aspektas - looks
6. ĉielo - sky
7. demandas - asks
8. diras - says
9. esplori - to investigate
10. haltas - stops
11. kurantoj - runners
12. malseka - wet
13. malkovro - discovery
14. monujo - wallet
15. rubando - tape (caution tape)

2. La Unuaj Indicoj

Detektivo Smith nun estas en la policejo. Li sidas ĉe sia skribotablo, dum la stacio estas vigla; telefonoj senĉese sonoras.

Li denove malfermas la monujon de Sinjoro Jones kaj trovas ion interesan interne.

En la monujo estas foto, montranta Sinjoron Jones kun virino, ambaŭ ridetantaj.

"Ni trovu ĉi tiun virinon," diras Detektivo Smith. Li volas scii, kiu ŝi estas.

Ili iras al la domo de Sinjoro Jones, granda domo kun ĝardeno plena de floroj.

Tie, ili renkontas Sinjorinon Jones, la virinon el la foto. Ŝi surpriziĝas vidi la policon.

Sinjorino Jones estas ŝokita. "Kio okazis al Sinjoro Jones?" ŝi demandas, kun tremanta voĉo.

Detektivo Smith demandas ŝin pri la amikoj de Sinjoro Jones. "Kun kiu li ofte renkontiĝis?"

Ŝi pripensas. "Li ofte renkontiĝis kun sia amiko, Sinjoro Brown," ŝi diras.

"Ni devas paroli kun Sinjoro Brown," diras Detektivo Smith. Ili volas trovi pliajn indicojn.

Ili trovas Sinjoron Brown en lia hejmo. Li estas alta kaj havas grizajn harojn.

"Ĉu vi vidis Sinjoron Jones lastatempe?" demandas Detektivo Smith.

"Ne, mi ne vidis lin," respondas Sinjoro Brown, aspektante maltrankvila.

Detektivo Smith ekpensas. "Ni kontrolu la telefonajn registrojn de Sinjoro Jones," li diras.

Ili ekzameniĝas la telefonajn registrojn kaj malkovras, ke la lasta alvoko de Sinjoro Jones estis al Sinjoro Brown.

Detektivo Smith fariĝas scivolema. "Kial Sinjoro Jones vokis Sinjoron Brown?" li demandas sin.

La ĉapitro finiĝas kun Detektivo Smith pensema. Li suspektas, ke Sinjoro Brown scias pli ol li diras pri Sinjoro Jones.

1. alvoko - call
2. amiko - friend
3. aspektas - looks
4. ĉapitro - chapter
5. ĝardeno - garden
6. grizaj - gray
7. harojn - hair
8. interesa - interesting
9. malfermas - opens
10. maltrankvila - uneasy
11. monujo - wallet
12. pensas - thinks

13. registrojn - records
14. renkontiĝis - met
15. surpriziĝas - surprised

3. Aperis Sekreto

Ili revenas por paroli kun Sinjoro Brown. Li malfermas la pordon, surprizite vidi ilin.

Sinjoro Brown ŝajnas tre nervoza. Liaj manoj tremas, sed li invitas ilin enen.

Li sidiĝas kaj diras, "Mi renkontis Sinjoron Jones hieraŭ nokte." Lia voĉo estas mallaŭta.

Ili demandas lin, kio okazis. Sinjoro Brown rigardas malsupren. "Ni havis disputon pri mono," li diras.

Li klarigas plue. "Sinjoro Jones estis tre kolera. Li foriris rapide," li aldonas.

Detektivo Smith ekpensas. "Ni kontrolu la videoregistrojn ĉe la Tamizo," li diras.

Ili iras por rigardi la kameraajn filmetojn. Ili estas iom neklaraj.

Ili vidas Sinjoron Jones en la filmeto. Li promenas sola, malfrue nokte.

Sed Sinjoro Brown ne aperas en la filmeto. Ne estas spuro de li.

Poste ili rimarkas ion alian. Aŭto aperas en la filmeto, ĉe la loko kie Sinjoro Jones estis.

Ili ekscias, ke la aŭto apartenas al iu nomata Sinjoro Taylor.

Ili iras al la laborejo de Sinjoro Taylor. Li estas surprizita vidi ilin.

"Jes, mi vidis Sinjoron Jones," diras Sinjoro Taylor. "Li falis en la Tamizon."

Li pensas, ke tio estis akcidento. "Mi kredas, ke li glitis kaj falis," diras Sinjoro Taylor.

Detektivo Smith fariĝas scivolema. "Ĉu Sinjoro Jones vere glitis?" li demandas.

Ili decidas kontroli la ŝuojn de Sinjoro Jones por trovi indicojn.

Ili trovas koton sur liaj ŝuoj. La koto venas de la bordo de la Tamizo.

La ĉapitro finiĝas kun ilia rigardo al la kotaj ŝuoj. "Ĉu Sinjoro Jones vere glitis?" pensas Detektivo Smith.

1. aperis - appeared
2. aŭto - car
3. disputo - dispute
4. falis - fell
5. glitis - slipped
6. kamerao - camera
7. koto - mud
8. laborloko - workplace
9. malkovras - discovers
10. nervoza - nervous
11. nokte - at night
12. pordo - door
13. rigardas - looks
14. scivolema - curious
15. surprizita - surprised

4. Malknudante la Misteron

Ili ekzamenas la koton sur la ŝuoj de Sinjoro Jones. Ĝi estas la sama speco de koto trovata ĉe la bordo de la Tamizo.

Ili komencas pensi, ke eble Sinjoro Jones glitis kaj falis en la akvon.

Ili revenas por paroli kun Sinjorino Jones, kiu malrapide malfermas la pordon.

Ŝi diras al ili ion novan. "Sinjoro Jones estis tre malĝoja pro financaj problemoj," ŝi konfesas.

Ili pripensas tion. Ankaŭ la disputo kun Sinjoro Brown estis pro mono.

Ili revenas al la Tamizo, serĉante pliajn indicojn.

Apud la loko kie oni trovis Sinjoron Jones, ili malkovras piedspurojn en la koto.

Ili atente rigardas la piedspurojn. Ili estas de la sama grandeco kiel la ŝuoj de Sinjoro Jones.

Sed ne estas aliaj piedspuroj, nur tiuj de Sinjoro Jones.

Ili komencas supozi, ke ne temas pri murdo. Eble Sinjoro Jones vere suferis akcidenton.

Ili nun estas pli inklinaj kredi, ke tio estis akcidento.

Ili revenas por informi Sinjorinon Jones. "Ni kredas, ke tio estis akcidento," ili diras.

Sinjorino Jones estas tre malĝoja. Ŝi iom ploras, sed ŝi diras "Dankon" al la polico.

Ili decidas fermi la kazon, ĉar ili pensas, ke ili komprenas, kio okazis.

Detektivo Smith ankaŭ sentas sin malĝoja, sed li scias, ke li faris sian laboron bone.

La ĉapitro finiĝas kun Detektivo Smith foriranta de la domo de Sinjorino Jones. Li lastfoje rigardas al la Tamizo.

1. akcidento - accident
2. apude - nearby
3. aferon - matter, affair
4. disputo - dispute
5. fermi - to close
6. foriranta - leaving
7. glitis - slipped
8. grandeco - size
9. iomete - a little
10. koton - mud

11. malĝoja - sad
12. malrapide - slowly
13. piedspuroj - footprints
14. ploras - cries
15. Tamizo - Thames

5. La Klimakso

Denove sonoras la telefono de Detektivo Smith. Estas nova alvoko pri Sinjoro Jones.

Virino en la telefono havas novajn pruvojn. Ŝi sonas tre certa pri sia rakonto.

Ili rapide iras renkonti la virinon, kiu jam atendas ilin.

Ŝi rakontas sian historion. "Mi vidis iun puŝi Sinjoron Jones en la Tamizon," ŝi diras.

Ŝi priskribas la personon, kiu lin puŝis, kaj ŝia priskribo tre similas al Sinjoro Brown. Detektivo Smith surpriziĝas.

Ili iras al la domo de Sinjoro Brown. Li malfermas la pordon kaj aspektas maltrankvila.

"Ĉu vi puŝis Sinjoron Jones?" demandas Detektivo Smith.

Sinjoro Brown neas. "Mi ne puŝis lin," li diras, sed li ŝajnas nervoza.

Ili rigardas liajn ŝuojn. La ŝuoj estas de la sama grandeco kiel la piedspuroj apud la Tamizo.

Sinjoro Brown rigardas malsupren. Fine li diras, "Jes, mi puŝis lin. Mi sekvis liajn piedspurojn. Ni havas samgrandajn ŝuojn. Ĝi ŝajnis al mi kiel akcidento."

Li klarigas kial. "Mi estis tiel kolera pro la mono," li konfesas.

La polico arestas Sinjoron Brown, kiu trankvile sekvas ilin.

Ili revenas por informi Sinjorinon Jones. Ŝi aŭskultas ilin atente.

Sinjorino Jones estas malĝoja, sed ankaŭ sentas sin liberigita. "Nun mi scias la veron," ŝi diras.

Detektivo Smith estas kontenta, ke la vero estas eltrova. Li sentas sin bone pro la solvita afero.

La rakonto finiĝas per la plenumo de justeco. Detektivo Smith foriras, pripensante la tutan aferon.

1. afero - affair, case
2. arestas - arrests
3. eniras - enters
4. feliĉa - happy
5. finiĝas - ends
6. kiel - like, as
7. kolera - angry
8. la - the
9. liberigita - relieved
10. malkaŝita - revealed
11. malĝoja - sad
12. maltrankvila - uneasy
13. nervoza - nervous
14. piedspurojn - footprints
15. pruvojn - proofs

Kie estas Anne?

1. La Malapero de Anne

Unu matenon, la patrino de Anne vekiĝas. Ŝi vokas, "Anne, la matenmanĝo estas preta!" Sed Anne ne venas. Ŝi iras al la ĉambro de Anne. La lito estas malplena. La ludiloj de Anne estas disĵetitaj sur la planko. Anne ne estas tie.

Ŝi kontrolas en la kuirejo. Ŝi serĉas en la salono. Nenie estas Anne. Ŝi eliras eksteren. "Ĉu vi vidis Anne?" ŝi demandas la najbarojn. Ili ĉiuj kapneas. Neniu vidis Anne.

La patrino de Anne estas tre zorgoplena. Ŝia vizaĝo montras timon. Ŝi prenas la telefonon kaj vokas la policon. La alvoko iras al Scotland Yard, la ĉefa policejo en Londono. Ili aŭskultas la patrinon de Anne.

Ili transdonas la kazon al Detektivo Wilson, saĝa detektivo kun afabla mieno. Detektivo Wilson iras al la domo de Anne, ĉirkaŭrigardas kaj serĉas indicojn.

Li parolas kun la patrino de Anne. "Rakontu al mi pri Anne," li diras. "Anne havas 10 jarojn," diras ŝia patrino. "Ŝi amas desegni. Ŝi estas tre afabla knabino."

"Kiam vi laste vidis ŝin?" demandas Detektivo Wilson. "Hieraŭ," respondas ŝia patrino. "Ŝi ludis en la parko."

Detektivo Wilson iras al la parko, granda areo kun arboj kaj ludejo. Li demandas al homoj en la parko, "Ĉu vi vidis ĉi tiun knabinon?" Li montras al ili foton de Anne.

Virino alproksimiĝas. "Jes," ŝi diras. "Mi vidis ŝin. Ŝi parolis kun viro, viro, kiun mi ne konas." La vizaĝo de Detektivo Wilson fariĝas serioza. Li suspektas, ke Anne eble estas en danĝero. La ĉapitro finiĝas kun lia zorgoplena esprimo.

1. afabla - kind
2. alproksimiĝas - approaches
3. arboj - trees
4. ĉirkaŭrigardas - looks around
5. danĝero - danger

6. desegni - to draw
7. domo - house
8. esprimo - expression
9. foton - photo
10. ludejo - playground
11. ludiloj - toys
12. ludo - game, play
13. malapero - disappearance
14. malplena - empty
15. zorgo - concern

2. La Unua Indico

La virino en la parko komencas paroli. "La viro estis alta kaj havis malhelajn harojn," ŝi diras.

La polico komencas serĉi ĉirkaŭ la parko. Ili rigardas malantaŭ arboj kaj en arbustoj. Ili vokas la nomon de Anne. "Anne! Anne!" Sed neniu respondas. Anne ne estas tie.

Ili decidas kontroli la CCTV-kameraojn en la parko, esperante, ke ili registris ion. En malgranda ĉambro, ili rigardas la bildmaterialon de la CCTV, kiu montras la parkon.

Sur la registrado, ili vidas viron promenantan kun infano. La infano estas malgranda. Detektivo Wilson rigardas pli atente. "Tio estas Anne," li diras kun certeco.

Ili observas, kien iras la viro kaj Anne, kaj sekvas ilian vojon per la CCTV. Sed poste, la viro kaj Anne eliras el la vidkampo de la kamerao. Ili ne plu povas vidi ilin.

Ili parolas kun pliaj homoj apud la parko. "Ĉu vi vidis tiun viron kaj la infanon?" ili demandas. Unu persono diras, "Mi vidis furgonon. Ĝi estis apud la parko, granda kaj blanka."

Ili komencas serĉi la furgonon. Ili veturas ĉirkaŭe kaj rigardas sur la stratoj proksime al la parko. Ili trovas furgonon. Ĝi estas granda kaj blanka, sed ĝi estas malplena. Neniu estas ene.

Ili vokas la kriminalistikan teamon, kiu estas specialigita polico por serĉado de indicoj. La teamo ekzamenas la furgonon kaj trovas fingrospurojn.

Detektivo Wilson sentas esperon. "Tiuj fingrospuroj eble diros al ni, kiu prenis Anne," li diras. La ĉapitro finiĝas kun Detektivo Wilson rigardanta la furgonon, sentante, ke li estas pli proksima al trovi Anne.

1. arbustoj - bushes
2. bildmaterialon - footage
3. CCTV - CCTV
4. ĉambro - room
5. ĉirkaŭe - around
6. fingrospurojn - fingerprints
7. furgonon - van
8. kamerao - camera
9. kriminalistika - forensic
10. malantaŭ - behind
11. malplena - empty
12. parko - park
13. respondo - response
14. serĉas - searches
15. teamo - team

3. Malhela Malkovro

La polico prenas la fingrospurojn de la furgono kaj esploras ilin en sia oficejo. La fingrospuroj kongruas kun tiuj de viro, kiu jam antaŭe estis konata pro ŝteloj. Tiu ĉi viro ofte ŝtelas. Li ne estas bona homo. Detektivo Wilson pensas severe.

"Ĉu eble tiu ĉi viro apartenas al bando?" demandas Detektivo Wilson. Li pensas, ke tio povus esti vera. Ili serĉas homojn, kiuj konas la kriman mondon, kaj demandas al ili multajn demandojn.

Ili ekscias pri bando, kiu kidnapas infanojn kaj uzas ilin por laboro. Detektivo Wilson kaj lia teamo komencas serĉi, kie tiu ĉi bando povus esti kaŝita.

Ili trovas lokon en Londono, kiu eble estas la kaŝejo de la bando. Ili preparas planon. Ĝi estas sekreta plano, kaj ili devas esti singardaj.

Je nokto, ili observas la lokon. Ĝi estas malluma kaj silenta. Ili vidas infanojn enirantajn la konstruaĵon. Tio estas malĝoja spektaklo.

Detektivo Wilson decidas, ke ili devas eniri la konstruaĵon. Li planas, kiel fari tion, zorgante pri la sekureco de la infanoj. "Ni devas teni la infanojn sekuraj," ili diras.

La polico prepariĝas. Ili surmetas specialajn vestojn kaj pretas eniri. Detektivo Wilson rigardas la konstruaĵon, esperante, ke Anne estas tie kaj ke ŝi estas sekura.

La ĉapitro finiĝas kiam ili estas pretaj eniri la konstruaĵon, decidintaj trovi Anne kaj la aliajn infanojn.

1. bando - gang
2. eniras - enters
3. esperas - hopes
4. esploras - investigates
5. fingrospurojn - fingerprints
6. furgono - van
7. kongruas - match

8. konstruaĵon - building
9. krimon - crime
10. lokon - location
11. malĝoja - sad
12. malluma - dark
13. nokto - night
14. pretiĝas - prepares
15. sekreta - secret

4. La Repreno

Estas tre frue en la mateno. La ĉielo estas ankoraŭ malluma.

La polico alvenas al la konstruaĵo. Ili atingas la pordon, kiu estas ŝlosita. Ili rompas ĝin, kaj laŭta bruo sekvas.

Ene, ili trovas grandan ĉambron. Tie estas infanoj, kiuj faras vestojn. Estas ŝvitlaborejo. La infanoj aspektas elĉerpitaj kaj laboras intense.

La polico komencas serĉi Anne. "Kie estas Anne?" ili demandas. Ili komencas elkonduki la infanojn el la konstruaĵo, savante ilin.

Ili trovas la plenkreskulojn, kiuj estas respondecaj—la bando-membrojn. La polico arestas ilin. En angulo, ili trovas Anne, sidantan sola.

Anne aspektas timigita, sed ŝi ne estas vundita. Nun ŝi estas sekura. Detektivo Wilson alproksimiĝas al Anne. "Ĉu vi fartas bone?" li demandas milde.

Anne kapjesas kaj komencas rakonti sian historion. "Viro prenis min," ŝi diras. Ili trovas pliajn infanojn, kiuj ankaŭ mankis. Ili venas de diversaj partoj de Londono.

La polico kontaktas la familiojn kaj informas ilin, ke iliaj infanoj estas sekuraj. Ili komencas redoni la infanojn al iliaj familioj.

Ili daŭre esploras la bandon por ekscii pli. La patrino de Anne aŭdas la novaĵon kaj estas superŝutita de feliĉo. "Anne estas sekura," ŝi diras.

La ĉapitro finiĝas per la patrino de Anne ridetanta. Ŝi baldaŭ iros renkonti Anne'n.

1. angulo - corner
2. arestas - arrests
3. bando-membroj - gang members
4. ĉambron - room
5. daŭre - continuously
6. elirigi - to evacuate
7. esploras - investigates
8. feliĉa - happy
9. infanoj - children
10. kapjesis - nodded
11. laciĝintaj - tired
12. malluma - dark
13. milde - gently
14. oke - okay
15. patrino - mother

5. Malkovrante la Reton de la Bando

La policanoj pridemandas la bandanojn, kiujn ili kaptis. Ili estas en malgranda ĉambro ĉe la policejo. Ili malkovras, ke temas pri pli granda reto. Tiu ĉi bando estas vasta kaj danĝera.

La bando havas pliajn ŝvitlaborejojn, kie estas infanoj devigataj labori. La policanoj ellaboras planon. Ili volas trarompi tiujn lokojn kaj liberigi la infanojn.

Ili iras al aliaj konstruaĵoj kaj trovas pliajn infanojn laboreme laborantajn. Ili ilin savas. La homoj en Londono aŭdas pri tio kaj vidas ĝin en la novaĵoj. Ili estas ŝokitaj.

Gepatroj komencas timi. "Ĉu niaj infanoj estas sekuraj?" ili demandas. Lernejoj intensigas siajn klopodojn por konservi la sekurecon de la infanoj. Ili pli atentas pri la infanoj.

Membroj de la komunumo helpas. Ili informas la policanojn pri ĉio, kion ili scias. La policanoj sukcesas kapti pliajn bandanojn kaj arestas ilin.

Sed ili ankoraŭ devas trovi la bandestron, kiu estas la plej grava. Ili ekscias, kie li povus esti. Tio estas grava spuro.

Ili malkovras, ke li planas sekretan kunvenon en kaŝita loko. La policanoj faras planon por kapti ĉi tiun bandestron.

Detektivo Wilson rigardas la mapon. "Ni kaptos lin," li diras, tre certa pri tio. La ĉapitro finiĝas kun Detektivo Wilson preta por agi. Li estas determinita haltigi la bandestron.

1. arestas - arrests
2. bandomembrojn - gang members
3. gangleadanton - gang leader
4. geedzoj - spouses
5. haltigi - to stop
6. indico - clue
7. kaŝa - hidden
8. kapti - to capture
9. komunumo - community
10. konservi - to preserve, to keep
11. kunvenon - meeting
12. laboreme - industriously, hardworking
13. lernejoj - schools
14. mapon - map
15. reto - network

6. La Pursado

Ili malkovras, kie la bandestro kaŝiĝas. Estas en sekreta loko en Londono. La polico embuskas proksime de la kaŝejo. Ili atendas trankvile, pretaj por agi.

La bandestro alvenas en granda, nigra aŭto. Li ĉirkaŭrigardas, suspekteme. La polico preparas sian planon; ili devas kapti lin kun plena zorgo.

Ili moviĝas al la kaŝejo, silente sed rapide. La bandestro rimarkas ilin kaj kuras al sia aŭto, provante eskapi.

Ili komencas persekuti lin. La policaj aŭtoj sekvas lian aŭton, kiu estas tre rapida. Ili veturas tra la stratoj de Londono, kiuj estas plenaj de homoj kaj trafiko.

Ili sekvas lin al pasejo, kiu rezultas esti senelirejo. Li ne povas plu fuĝi. Ili kaptas lin kaj metas mankatenojn. Nun li ne povas forkuri.

Ĉe la policejo, ili demandas al li multajn demandojn. Li parolas kaj malkaŝas detalojn pri la tuta reto. Ĝi estas granda kaj danĝera.

La polico laboras diligente por haltigi la tutan bandon. Ili kaptas pli da krimuloj kaj savas pli da infanoj.

La polico estas kontenta pri sia laboro. Detektivo Wilson ridetas, feliĉa, ke ili kaptis la bandestron. La ĉapitro finiĝas kun li, sentante sin fiera pri la bone farita laboro.

1. aŭto - car
2. bandon - gang
3. diligente - diligently
4. feliĉa - happy
5. haltigas - stops
6. kaŝejo - hiding place
7. kaŝiĝas - hides
8. kaptas - captures
9. mankatenojn - handcuffs
10. nigra - black
11. pasejo - passage
12. persekutas - pursues
13. policaĵ - police
14. pretaj - ready
15. senelira - dead-end

7. Justeco kaj Renkontiĝo

La bandanoj iras al la kortumo, granda konstruaĵo en Londono. En la kortumo, oni deklaras la bandanojn kulpaj. Ili faris malbonajn aferojn.

Multaj infanoj revenas al siaj familioj. Ili brakumas kaj ploras, feliĉaj esti reen kun siaj karuloj.

Anne revenas hejmen, kie ŝia patrino atendas. Kiam ŝi malfermas la pordon kaj vidas Anne, ŝi estas superŝutita de ĝojo. Ŝi forte brakumas Anne. "Mi tiel sopiris vin," ŝi diras.

Anne komencas senti sin pli bone. Ŝi desegnas kaj ludas, kaj pli ofte ridetas.

Homoj en Londono parolas pri la policanoj. "Ili faris bonegan laboron," ili diras. En lernejoj, instruistoj parolas al la infanoj. "Estu sekuraj," ili admonas. "Estu singardaj."

Homoj en Londono helpas la infanojn. Ili donacas al ili ludilojn kaj vestojn. Londono nun sentiĝas pli sekura. Homoj ne estas tiom zorgoplenaj.

Detektivo Wilson sidiĝas en sia oficejo, pripensante la kazon. Li sentas sin kontenta.

Anne komencas novan vivon. Ŝi estas feliĉa kaj sekura, kaj ŝi ludas kun siaj amikoj.

Ĉiuj lernas ion gravan. "Ni devas zorgi unu pri la alia," ili diras. La infanoj, kiuj estis savitaj, nun aspektas feliĉaj. Ili havas novan komencon.

La rakonto finiĝas kun Anne kaj ŝia patrino, feliĉaj kaj kune. Ili ridetas kaj ĝojas. La suno subiras en tiu feliĉa tago.

1. abrazas - hugs, embraces
2. amikoj - friends
3. aspektas - looks
4. bandomembroj - gang members
5. brakumas - hugs, embraces
6. desegnas - draws

7. feliĉa - happy
8. infanoj - children
9. instruistoj - teachers
10. kazo - case
11. komenciĝon - beginning, start
12. kortumo - court
13. kulpaj - guilty
14. lernejoj - schools
15. ludilojn - toys

Morto en Hyde Park

1. Tragika Malkovro

Estas sunplena mateno en Hyde Park, Londono. La suno brilas, kaj birdoj kantas. Viro promenas tra la parko. Subite, li rimarkas ion sur la herbo. Estas knabo, kiu kuŝas senmove.

La viro rapidas al la knabo. La knabo ne moviĝas. La viro eksentas timon kaj tuj vokas helpon. "Jen knabo! Li ne spiras!" li krias.

La polico rapide alvenas. Iliaj aŭtoj brue alveturas. La afero ŝajnas serioza, kaj ĝi estas tuj transdonita al Scotland Yard. Tie laboras la ĉefaj detektivoj de Londono.

Detektivo Bell ricevas la kazon. Li estas lerta kaj sperta en sia laboro. Li tuj iras al la parko por esplori, kie oni trovis la knabon.

Bell parolas kun la viro, kiu trovis la knabon. "Ĉu vi vidis ion?" li demandas. Proksime al la knabo, ili trovas malgrandajn saketojn. Ili aspektas kiel drogoj.

La korpo de la knabo estas sendita al la hospitalo por aŭtopsio. Oni volas ekscii, kial li mortis. Ili baldaŭ identigas la knabon kiel Tom. Li estis lernanto en lernejo proksima al la parko.

Bell parolas kun la amikoj de Tom. Li demandas ilin pri Tom. La amikoj aspektas malĝojaj kaj diras, "Ni vidis homojn vendi drogojn en la parko."

Bell serioze pripensas tion. Li suspektas, ke drogokomercistoj eble estas implikitaj. La ĉapitro finiĝas, dum Bell profunde pripensas la aferon.

1. afero - matter, case
2. aŭtoj - cars
3. brilas - shines
4. drogojn - drugs
5. ekzamenos - will examine
6. helpon - help
7. herbo - grass

8. hospitalo - hospital
9. implikitaj - involved
10. kriegas - shouts, cries out
11. kuŝas - lies
12. lernejo - school
13. malĝojaj - sad
14. nomon - name
15. poŝetojn - small bags

2. Kolekto de Indicoj

La kuracistoj ekzamenas la korpon de Tom. Ili konstatas, ke li mortis pro drogoj. Detektivo Bell vizitas la lernejon de Tom. Ĝi estas granda lernejo kun multaj studentoj.

Li parolas kun la instruistoj de Tom. "Tom estis bona knabo," ili diras. La amikoj de Tom aspektas malĝojaj. "Tom kondutis strange lastatempe," ili rakontas al Bell.

Unu el la amikoj de Tom parolas. "Mi vidis viron vendantan drogojn en la parko," li diras. La amiko priskribas la viron: "Li estas alta kaj havas grandan tatuon sur sia brako."

La polico komencas atente observi Hyde Park. Ili kaŝiĝas kaj zorge atentas ĉirkaŭe. Ili vidas homojn vendantajn drogojn. Personoj alvenas, donas monon, kaj prenas drogojn.

Ili rimarkas altan viron. Li ŝajnas esti la viro, kiun la amiko de Tom priskribis. La polico silente sekvas lin. Ili ne volas, ke li ilin rimarku.

Sed la viro eniras amason da homoj. Estas multaj homoj, kaj ili lin perdas el vido.

Ili trovas pliajn saketojn en la parko, kiuj ankaŭ enhavas drogojn. Bell parolas kun homoj loĝantaj proksime al la parko. "Ĉu vi vidis homojn vendantajn drogojn?" li demandas.

La homoj mencias bandon. "Ili venas el Okcidenta Afriko," ili diras. Bell serioze pripensas tion. Li decidas plu esplori ĉi tiun bandon. La ĉapitro finiĝas kun lia forta deziro malkovri pli.

1. amason - crowd
2. apud - near, next to
3. bando - gang
4. deziro - desire
5. drogojn - drugs
6. esploras - investigates
7. homoj - people
8. informiĝi - to inform oneself, to investigate
9. instruistoj - teachers
10. kaŝiĝas - hides
11. kondutis - behaved
12. kuracistoj - doctors
13. lernejo - school
14. loĝantaj - residing, living
15. malĝojaj - sad

3. La Subtera Operacio

Detektivo Bell ellaboras planon. Li decidas iri kaŝe en la parkon. Li ŝanĝas siajn vestojn por aspekti kiel iu, kiu eble volas aĉeti drogojn.

Li promenas tra Hyde Park, atente rigardante ĉirkaŭe por trovi homojn, kiuj vendas drogojn. Li vidas, kiel iu viro vendas drogojn al alia persono.

Bell alproksimiĝas al la drogvendisto, ŝajnigante, ke li volas aĉeti drogojn. La vendisto parolas kun Bell kaj mencios ion pri sia ĉefo. Sed poste la vendisto ekrigardas Bellon kun suspekto.

Bell restas trankvila. Li daŭrigas la konversacion kaj poste foriras senprobleme. Li eliras el la parko en plena sekureco.

Reveninte al la policejo, ili diskutas pri la informoj, kiujn Bell malkovris. Ili esploras la bandon el Okcidenta Afriko kaj ekscias, ke la bando kontrabandas drogojn en Londonon.

Ili ellaboras planon por ataki la lokon, kie la bando eble kaŝiĝas. La polica teamo komencas prepariĝi, kontrolante siajn ekipaĵojn.

Bell sentas zorgon. Li volas solvi la kazon kaj haltigi la bandon. La nokton antaŭ la atako, Bell ne povas dormi. Li pripensas la sekvan tagon kaj esperas, ke ĉio iros bone.

1. aĉetus - would buy
2. ĉefo - boss, chief
3. diskutas - discuss
4. drogojn - drugs
5. drogvendon - drug deal
6. ekzekuti - to execute, to carry out
7. ekipaĵojn - equipment
8. enportas - brings in, imports
9. gango - gang
10. lokon - location, place
11. nokton - night
12. parolas - speaks, talks
13. pretiĝi - to get ready, to prepare
14. sekura - safe
15. suspektinda - suspicious

4. La Ekskurso

Estas tre frue matene. La ĉielo ankoraŭ estas malluma. La policanoj komencas sian operacion. Ili moviĝas silente al granda domo, kie la bando povus esti kaŝita.

Ili alvenas ĉe la pordo, kiu estas fermita. Ili rapide ŝiras ĝin malferma. Ene de la domo, ili trovas grandan kvanton da drogoj. La kvanto estas vere impona.

Ili ankaŭ trovas homojn en la domo, kiuj estas membroj de la bando. La policanoj arestas ilin kaj zorge traserĉas la domon por trovi pliajn indicojn.

En unu ĉambro, ili trovas dokumentojn. Tiuj dokumentoj rilatas al la drogvendo. Ili vidas la nomon de Tom en la dokumentoj, indikante, ke li estis implikita kun tiuj drogoj.

La policanoj certigas, ke la areo estas sekura kaj ne alirebla por aliaj. Ili kolektas ĉiujn dokumentojn kaj drogojn kiel gravajn pruvojn.

Detektivo Bell komencas demandi la arestitajn homojn. Li demandas multajn demandojn, kaj ili malkaŝas informojn pri aliaj membroj de la bando. Tiuj homoj estas gravaj.

Bell komencas kunmeti la tutan rakonton. Ĝi similas al granda puzlo. Ili eksciis, ke la bando estas tre vasta, ne nur aktiva en Londono.

Bell ekzamenas la dokumentojn. Li konscias, ke ĉi tiu kazo estas ege grava. Ĝi ne temas nur pri Tom, sed pri granda krima organizo. La ĉapitro finiĝas kun Bell pripensanta, kion fari sekve.

1. areo - area
2. arestas - arrests
3. dokumentojn - documents
4. drogojn - drugs
5. ekskurson - operation, excursion
6. fermita - closed
7. gango - gang
8. granda - big, large
9. implikita - involved
10. indicoj - clues, evidence
11. kazo - case
12. malkovras - discovers, finds out
13. nomon - name
14. pruvoj - proofs, evidence
15. sekura - safe

5. Sekvante la Spuron

Detektivo Bell estas okupata. Li sekvas ĉiujn spurojn de la granda operacio. La policanoj atente observas la bandon kaj konstante gardas ilin.

Ili malkovras, kiuj estas la ĉefaj figuroj en la bando. Tiuj homoj estas la estroj. Ili ricevas pli da informoj kaj eksciis, kiel funkcias la bando.

Ili malkovras, kiel la drogoj eniras Londonon. Tio estas grand-skala operacio. Ili subaŭskultas la telefonojn de la bando kaj kaptas multajn gravajn konversaciojn.

Ili ellaboras planon. Ili celas kapti pli da membroj de la bando. Tiam ili ekscias ion gravan: la bando baldaŭ movos grandan kvanton da drogoj.

Bell scias, ke ili devas agi rapide. Ne estas tempo por perdi. Ili prepariĝas, celante kapti la bandanojn kun la drogoj.

Estas longa nokto. Ili atendas en la mallumo, pretaj por agi. La drogoj alvenas, kaj la policanoj subite elsaltas, kaptante la bandanojn.

Ili trovas grandan kvanton da drogoj. Tio estas granda venko por la polico. Ili arestas pliajn membrojn de la bando, kaj tiuj arestoj estas tre gravaj.

Bell rigardas la drogojn kaj sentas, ke la kazo estas preskaŭ solvita. La ĉapitro finiĝas kun Bell, kiu sentas esperon, ke ili finfine sukcesos haltigi la bandon.

1. arestoj - arrests
2. aŭdas - hears
3. aŭskultas - listens
4. drogoj - drugs
5. ekskurso - operation, excursion
6. elsaltojn - jump out
7. eltrovas - finds out, discovers
8. eniras - enters
9. esperon - hope
10. estroj - leaders
11. gango - gang
12. indicojn - clues, evidence
13. informoj - information
14. malŝpari - waste
15. membroj - members

6. La Lastaj Partoj

Detektivo Bell sidas kun la lastatempe kaptitaj membroj de la bando. Li faras al ili multajn demandojn. Ili rakontas al Bell pri la bando, kiu estas granda kaj bone organizita.

Ili ekscias, kiu estas la estro. Li estas grava boso, konata pro siaj malbonaj faroj en Okcidenta Afriko. Li estas senkompata viro.

La policanoj komencas spuri la estron. Ili volas scii, kien li iras. Ili ellaboras sekretan planon por kapti la boson sen ke li rimarku.

Bell kunigas sian plej bonan teamon. Ili estas pretaj por malfacila tasko. Ili vestas sin kiel ordinaraj homoj kaj promenas tra la stratoj de Londono.

Ili rimarkas la estron de la bando. Li estas en granda, rapida aŭto. Ili sekvas la aŭton, kaj okazas rapida postkuro tra la urbo.

Fine, ili kaptas la aŭton kaj haltigas la estron de la bando. Tio estas grava momento. Scotland Yard finfine kaptis la grandan boson.

Ili komencas fermi la kazon. Ili sukcese kaptis la bandon. Ili pensas pri Tom kaj sentas sin malĝojaj, sed ili plenumis sian devon.

Bell rigardas la urbon. Li sentas sin bone. Ili faris gravan laboron. La ĉapitro finiĝas kun Bell, sentante sin fiera kaj iom laca. Ili faris Londonon pli sekura.

1. aferon - matter, affair
2. aŭton - car
3. boston - boss
4. ĉasado - chase
5. estro - leader
6. estrolinon - boss's line, here refers to the boss's route
7. fermi - to close
8. gango - gang
9. gangojn - gangs
10. kaptis - captured
11. maldelikata - rude, impolite
12. malĝoja - sad
13. membroj - members
14. novaj - new
15. sekvi - to follow

6. Fermado kaj Reflektado

La proceso kontraŭ la bando komenciĝas. Ĝi estas granda proceso en Londono. Detektivo Bell ĉeestas en la juĝejo kaj prezentas ĉiujn pruvojn al la juĝisto.

La juĝisto deklaras la bandanojn kulpaj. Ili faris multajn malbonajn agojn. Ĉiuj sentas, ke justeco triumfis. Tom kaj aliaj viktimoj estas rememoritaj.

La familio de Tom estas en la juĝejo. Ili sentas sin malĝojaj, sed ankaŭ iom trankviligita.

Bell sidas en sia oficejo, pensante pri la kazo. Ĝi estis impona afero. Homoj en Londono parolas pri la polico. "Ili faris bonegan laboron," ili diras.

La kazo ŝanĝis la manieron, kiel drogoj eniras Londonon. Ĝi estas grava ŝanĝo. Homoj en la komunumo komencas senti sin pli sekuraj kaj helpas unu la alian.

Bell kaj lia teamo diskutas. Ili lernis multon el ĉi tiu kazo. Hyde Park ricevas pli da policaj patroladoj, kaj ĝi fariĝis pli sekura loko.

Homoj rememoras Tom. Li estis juna knabo, kaj lia historio gravas. Londono sentas sin pli sekura. La danĝera bando estas for.

Bell rigardas tra sia fenestro. Li sentas sin preta por ĉio, kio venos poste. La rakonto finiĝas kun Bell en Hyde Park, rigardante la arbojn kaj la ĉielon. Li sentas esperon por la estonteco. Londono estas iom pli sekura nun.

1. aferojn - things, matters
2. ajn - any, whatever
3. arbojn - trees
4. ĉielon - sky
5. ĉiujn - all
6. drogoj - drugs
7. esperon - hope
8. estonteco - future
9. familio - family

10. gang-anoj - gang members
11. historio - history, story
12. juĝejo - courthouse, court
13. juĝisto - judge
14. komenciĝas - begins, starts
15. kulpaĵaj - guilty

Morto en la Buso

1. La Eksplozio

Estas okupata tago en Londono. La stratoj estas plenplenaj de homoj kaj busoj.

Subite, aŭdiĝas laŭta bruo el buso. Estas granda eksplodo.

Homoj komencas kuri kaj krii. Ili estas timigitaj kaj konfuzitaj.

La polico alvenas tre rapide, kun laŭtaj sirenoj.

Iuj homoj en la buso estas vunditaj kaj bezonas helpon.

La polico starigas flavan rubandon ĉirkaŭ la buso. Neniu povas alproksimiĝi.

La polico komencas serĉi indicojn. Kio okazis?

Ili parolas kun homoj, kiuj estis tie. "Kion vi vidis?" ili demandas.

Proksime de la buso, ili trovas fragmentojn de bombo. Tio estas grava spuro.

Scotland Yard informiĝas pri la eksplodo kaj prenas la kazon.

Detektivo Cook ekas labori pri ĝi. Li estas elstara detektivo.

Li malkovras, de kie venis la buso. Tio estas signifa spuro.

Ili kontrolas la videokamerajn sistemojn proksime de la buso. Eble la kameraoj kaptis ion.

En la video, ili vidas iun lasantan sakon en la buso. Tio estas tre suspektinda.

Detektivo Cook aspektas zorgoplena. Li pensas, ke tio estis atako. La ĉapitro finiĝas kun lia konsidero pri kion fari poste.

1. atako - attack
2. aŭdas - hears
3. aŭdiĝas - is heard
4. bombo - bomb
5. buso - bus

6. Cook - Cook (name)
7. detektivo - detective
8. ekas - begins, starts
9. eksplozio - explosion
10. flavan - yellow
11. homoj - people
12. konfuzitaj - confused
13. kriegi - to scream, to shout
14. kuri - to run
15. lasanta - leaving

2. Kolektado de Pruvoj

Detektivo Cook atente rigardas la fragmentojn de la bombo, kiuj troviĝas ĉie.

Spertulo pri bomboj alvenas kaj ekzamenas la restaĵojn. "Ĝi estas memfarita," li diras.

Ili volas trovi la personon, kiu lasis la sakon en la buso. Tio estas tre grava.

Ili parolas kun la busŝoforo. "Ĉu vi rimarkis ion strangan?" demandas Cook.

Ili esploras, kiuj aĉetis biletojn por la buso. Eble la suspektato aĉetis unu.

Ili akiras pli klarajn bildojn de la videokamera sistemo. Nun la suspektato estas pli rekonebla.

Ili kredas, ke ili scias, kiu estas la suspektato. Ili ekzamenas la bildon.

Ili serĉas informojn pri tiu persono, utiligante siajn komputilojn.

Ili trovas ligilon. Eble la suspektato havas rilatojn kun la terorista reto Al-Gaga.

Cook informas sian polican teamon. "Ĉi tiu persono povas esti danĝera," li diras.

Londono ricevas plian polican ĉeeston sur la stratoj. Ili volas certigi la sekurecon de la civitanoj.

Ili avertas ĉiujn, "Bonvolu esti singardaj. Povas ekzisti danĝero."

Ili plu esploras la bombon por pli bone kompreni ĝin.

Ili suspektas, ke alia persono eble helpis. Eble du homoj estis implikitaj.

La ĉapitro finiĝas kun la teamo pretiganta sin. Ili volas trovi ĉi tiujn suspektatojn kaj teni Londonon sekura.

1. aĉetis - bought
2. alia - other
3. biletojn - tickets
4. bombon - bomb
5. busofervisto - bus driver
6. danĝera - dangerous
7. dome - homemade
8. komputilojn - computers
9. ligon - link
10. persono - person
11. policanoj - policemen
12. Reto - Network
13. singarda - careful
14. suspekto - suspect

3. La Ĉaso Komenciĝas

La polico serĉas ĉie en Londono. Ili ĉasas la suspektatojn.

Ili petas al ĉiuj helpon. "Bonvolu informi nin, se vi vidas ĉi tiujn homojn," ili diras.

Ili starigas kontrolpunktojn tra la urbo. Aŭtoj estas haltigitaj kaj kontrolataj.

Iu telefonas al la polico. "Mi vidis la suspektaton," ili diras.

La polico rapide iras al la loko, kie la telefonanto vidis la suspektaton. Ili hastas tien.

Sed tio estas falsa alarmo. La persono, kiun ili trovas, ne estas la suspektato.

Ili vizitas domojn, kie la suspektato kutime loĝas. Ili frapas la pordojn.

En unu domo, ili trovas noton, kaŝitan sub lito.

La noto enhavas lokon kaj tempon. "Ĉu tio estas renkontiĝo?" demandas Cook.

Ili observas la lokon. Ĝi estas trankvila strato.

Ili vidas iun. Estas la dua suspektato, kiu moviĝas rapide.

La polico agas tre silente. Ili ne volas, ke la suspektato forkuru.

Ili kaptas lin. Li estas surprizita. "Vi estas arestita," ili diras.

Ili pridemandas lin detale. "Kun kiu vi laboras?" demandas Cook.

La ĉapitro finiĝas kun ili malkovrante la lokon de la unua suspektato. Ili estas pli proksime al solvo.

1. arestita - arrested
2. aŭtoj - cars
3. ĉapitro - chapter
4. Cook - Cook (name)
5. demandojn - questions
6. domo - house
7. forkuru - to run away
8. frapas - knocks
9. haltigitaj - stopped
10. horon - hour
11. kontolataj - checked
12. kontrolpunktojn - checkpoints
13. lokon - location
14. noto - note
15. renkontejon - meeting place

4. Danĝera Pursado

La polico hastas por trovi la unuan suspektaton. Ili scias, kie li estas.

Armitaj policanoj alvenas ankaŭ. Ili portas pafilojn. La afero estas serioza.

Ili ekvidas la suspektaton, kiu rapidas.

Subite, li komencas kuri. Li rimarkis la policon.

Ili ĉasas lin tra la stratoj de Londono, kiuj estas plenaj de homoj.

Ili zorgas pri la sekureco. Ili ne volas, ke iu ajn vundiĝu.

La ĉasado estas intensa. Ĉiuj kuras rapide.

Ili sekvas lin al mallarĝa strateto, kiu estas senelirejo.

La suspektato haltas. Li ne povas plu kuri. "Mi kapitulacas," li diras.

La polico kondukas lin al la stacidomo. Li estas en policgardo.

Ili iras al lia domo kaj traserĉas ĝin.

Ili trovas pli da materialoj por bomboj. Tio estas grava malkovro.

Ili komprenas lian planon: fabriki pliajn bombojn.

Ili certigas, ke neniu alia bombo eksplodos. Londono devas resti sekura.

Cook sentas sin kontenta, ke ili kaptis lin. Sed li scias, ke la laboro ankoraŭ ne finiĝis. La ĉapitro finiĝas kun Cook sentanta sin fokusita. Li volas preventi iun ajn plian danĝeron.

1. aleo - alley
2. alvenas - arrives
3. armilataj - armed
4. bombo-objektoj - bomb materials
5. ĉapitro - chapter
6. ĉasas - chases
7. ĉaso - chase

8. Cook - Cook (name)
9. eksplodas - explodes
10. fabriki - to manufacture
11. haltas - stops
12. kapitulas - surrenders
13. mallarĝa - narrow
14. policistoŝtono - police custody
15. suspekto - suspect

5. Malkovro de la Intrigo

La polico faras multajn demandojn al la suspektatoj. Ili volas scii ĉion.

Ili ekscias pri la Al-Gaga Reto, granda terorisma grupo.

Ili lernas, ke ekzistas pliaj membroj en la reto, kiu estas tre vasta.

Ili planas aresti aliajn membrojn de tiu reto. Ili komencas la operacion.

Ili traserĉas domojn kaj konstruaĵojn, kie la reto eble kaŝiĝas.

Ili kaptas pliajn personojn, kiuj ankaŭ estas parto de la reto.

Ili ekzamenas tion, kion ili trovis en la kaŝejoj. Estas multaj objektoj.

Ili trovas planojn por pliaj atakoj. La reto havis grandajn intencojn.

Londono fariĝas pli sekura kun pli da policaj ĉeestantoj ĉie.

La loĝantoj de Londono estas zorgemaj. Ili rigardas ĉirkaŭe kaj restas atentaj.

La polico trovas pli da materialoj, kiuj montras la planojn de la reto.

Ili vidas, ke la reto estas aktiva en multaj lokoj, ne nur en Londono.

Ili kontaktas la policojn en aliaj landoj por kunlabori.

Ili ekscias, ke la reto eble planas ataki ankaŭ aliajn urbojn.

La ĉapitro finiĝas kun Cook sentanta, ke ili faras ion gravan. Ili malhelpas grandan danĝeron. Li estas serioza kaj fokusita.

1. aferoj - things, matters
2. atakoj - attacks
3. atentaj - attentive
4. ĉapitro - chapter
5. ekscias - finds out
6. faras - makes, does
7. grupo - group
8. homoj - people
9. kaŝejoj - hideouts
10. kaptas - captures
11. kunlabori - to collaborate
12. montras - shows
13. planojn - plans
14. prenitaj - taken
15. suspektoj - suspects

6. Fino kaj Reflektado

La proceso kontraŭ la membroj de la reto komenciĝas. Ĝi estas grava proceso.

Detektivo Cook estas ĉe la tribunalo, kie li montras ĉiujn pruvoj al la juĝisto.

La juĝisto deklaras, ke la membroj de la reto estas kulpaj. Ili faris gravajn krimojn.

Ĉiuj sentas, ke justeco estis farita. La viktimoj estas honore rememorataj.

Cook sidas en sia oficejo, pensante pri la kazo. Ĝi estis enorma.

Homoj en Londono parolas pri la polico. "Ili faris mirindan laboron," ili diras.

La kazo ŝanĝas la manieron, kiel teroristaj grupoj operacias. Estas grava ŝanĝo.

La komunumo komencas senti sin pli sekura. Ili helpas unu la alian.

Cook kaj lia teamo diskutadas. Ili lernis multe el tiu kazo.

Londono ricevas pli da policanoj. La urbo nun estas pli sekura.

Homoj rememoras la viktimojn. Ili estis junaj kaj senkulpaj. Iliaj rakontoj estas gravaj.

Londono sentas sin pli sekura. La malbona reto malaperis.

Cook rigardas tra sia fenestro. Li estas preta por kio ajn venos poste.

La rakonto finiĝas kun Cook en sia oficejo, rigardante la urbon sube. Li sentas esperon pri la estonteco. Londono estas iom pli sekura nun.

1. aferojn - matters, things
2. ĉiujn - all
3. ĉiuj - everyone
4. Cook - Cook (name)
5. estis - was, were
6. faris - did, made
7. fenestro - window
8. finiĝas - ends
9. homoj - people
10. juĝisto - judge
11. justeco - justice
12. kazo - case
13. komenciĝas - begins
14. komunumo - community
15. kulpa - guilty

7. Paco kaj Memorado

Ili faras servon por honori la homojn, kiuj mortis en la atakoj. Estas malĝoja tago.

Familioj kaj amikoj alvenas por partopreni. Ili parolas pri la homoj, kiujn ili amis.

Detektivo Cook ĉeestas la servon. Li staras kune kun la familioj.

Li pensas pri la mortintoj kaj sentas profundan malĝojon pro ili.

La komunumo subtenas la familiojn per abrazoj kaj afablaj vortoj.

Ili rememoras la policanojn, kiuj montris grandan kuraĝon. Ili multe helpis.

Ili diskutas pri tio, kio okazis, kaj provas lerni el la travivaĵoj.

Londono laboras por esti pli sekura. Ili ne volas, ke io simila okazu denove.

La polico esprimas dankon al ĉiuj, kiuj helpis. Multaj homoj kontribuis.

Londono sentas sin pli paca nun, ĉar la minacaj elementoj foriris.

Cook pensas pri la kazo, kiu estis grandega kaj grava.

La polico promesas, ke ili ĉiam laboros por konservi la sekurecon de la civitanoj.

Cook reflektas pri tio, kio okazos poste. Li volas daŭrigi sian helpadon.

Li promenas en Hyde Park. La suno brilas, kaj li sentas esperon.

La rakonto finiĝas kun Cook rigardanta la ĉielon. Li esperas pri pli sekura mondo kaj kredas, ke tio estas ebleco.

1. abrazojn - hugs
2. amikoj - friends
3. atakoj - attacks
4. brilas - shines
5. ĉiam - always
6. ĉielon - sky
7. ĉiuj - everyone, all
8. dankon - thanks

9.   denove - again
10. esperon - hope
11. familioj - families
12. faras - makes, does
13. foriris - left, went away
14. grava - important
15. helpis - helped

La Psikiko

1. Strangaj Krimoj

En malgranda, trankvila urbo en Anglio, kie ĉiuj konas unu la alian, komenciĝas io stranga. Bonaj kaj honestaj homoj subite ekfaras malbonajn aferojn, kio estas tre surpriza. Butikoj, kiuj ĉiam estis sekuraj, nun estas ofte rabataj. Eĉ sur la stratoj, ĝentilaj homoj subite ekatakas aliajn. Tio estas vere ŝokiga.

Detektivo Watson, saĝa kaj sperta en sia fako, estas petita esplori tiujn strangajn krimojn. Li parolas kun la viktimoj de la raboj, kiuj estas malĝojaj kaj konfuzitaj. Watson rimarkas, ke ĉiuj krimoj estas tre similaj, kvazaŭ ekzistus iu speco de ŝablono. Li ankaŭ intervjuas la krimulojn, kiuj aspektas konfuzitaj kaj pentantaj.

Ili asertas, ke ili ne memoras fari tiujn malbonajn aferojn, kio estas tre stranga. Watson komencas pensi, ke io neordinara okazas en la urbo. Li kontrolas la antaŭhistorion de la krimuloj, kiuj ĉiuj ŝajnas normalaj. Sed li malkovras ion komunan inter ili: ĉiuj ili vizitis novan mediumon en la urbo.

Watson decidas, ke li devas viziti tiun mediumon por pli bone kompreni la situacion. Li telefonas por fari rendevuon kaj iras kiel ordinara kliento. Dum li prepariĝas por la vizito, Watson ne povas ne demandi sin, kio vere okazas kun tiu mediumo.

1. afablaj - kind, friendly
2. antaŭhistorion - background, history
3. aferon - thing, matter
4. bedaŭrindaj - pitiable, regrettable
5. faris - did, made
6. forrampas - sneak away, slink off
7. havas - have
8. informiĝi - to find out, to inform oneself
9. kliento - client
10. komuna - common
11. konfuzitaj - confused
12. malbonajn - bad, evil

13. malĝojaj - sad, unhappy
14. memoras - remember
15. psikikon - psychic

2. La Unua Indiko

Watson iras por renkonti la mediumon. La loko, kie la mediumo laboras, estas stranga kaj silenta. Li renkontas la mediumon, kiu ridetas, sed io ŝajnas esti malĝusta.

Watson demandas kelkajn demandojn, sed provas ne montri troan scivolemon. La ĉambro havas strangajn simbolojn sur la muroj kaj aspektas tre nekutime. Kiam Watson faras certajn demandojn, la mediumo ŝajnas malkomforta.

Watson forlasas la lokon sen altiri atenton. Reen en sia oficejo, li komencas legi pri hipnoto. Tio tre interesas lin. Li ekscias, ke en aliaj urboj okazis similaj strangaj aferoj.

Watson kontaktas detektivojn en tiuj urboj kaj demandas pri la krimoj tie. Li lernas multe pri kiel hipnoto funkcias, kaj rimarkas, ke ĝi estas iom kompleksa.

Watson ekpensas, ke eble la mediumo uzas hipnoton sur la homoj. Li decidas, ke li devas observi la mediumon sen esti vidata. Watson instaliĝas malgrandajn kaŝitajn kameraojn ĉirkaŭ la loko de la mediumo, kiuj estas malfacile rimarkeblaj.

Li atendas kaj rigardas la registradojn de la kameraoj. Li esperas vidi ion, kio helpos al li solvi la strangajn krimojn. Watson sentas, ke tio povus esti la indico, kiun li bezonas.

1. alvokas - calls, summons
2. aparatojn - devices, apparatuses
3. aferoj - matters, things
4. bezonas - needs
5. demandojn - questions
6. detektivojn - detectives
7. filmadojn - recordings, footage
8. funkcias - works, functions
9. hipnozo - hypnosis

10. indiko - indication, clue
11. instalas - installs
12. kamerajn - cameras
13. krimojn - crimes
14. malkomforta - uncomfortable
15. observas - observes, watches
16. psikiko - psychic

3. Subkapa Laboro

Watson sidas en sia aŭto, observante la lokon de la mediumo el malproksime. Li vidas multajn homojn eniri kaj eliri el la konstruaĵo; la agado estas tre intensa. Watson uzas sian fotilon por registri la scenon. Li volas memorigi al si la vizaĝojn de ĉiuj vizitantoj. Li rimarkas ion strangan: ĉiuj vizitantoj kondutas simile.

Reen en sia oficejo, Watson analizas la tempojn, kiam homoj vizitis la mediumon kaj la tempojn de la krimoj. Li decidas paroli kun unu persono, kiu vizitis la mediumon. La vizitanto aspektas zorgoplena. "Mi ne memoras multe," li diras, montrante timon. La rakonto de la vizitanto sugestas, ke li eble estis sub hipnoto.

Watson opinias, ke estas tempo kapti la mediumon, kiu eble faras ion malbonan. Li petas juĝiston akiri permeson por serĉi la lokon de la mediumo. Li kunigas teamon de policanoj, kiuj ĉiuj estas pretaj helpi. Ili trejnas kune, por esti rapidaj kaj silenta.

Watson pripensas tion, kio povus misiri, kaj volas esti plene preta. Ili planas fari la operacion nokte, kiam ĝi estos pli sekura kaj pli kvieta. Watson sentas sin nervoza, sed preta. Li volas haltigi la mediumon kaj malhelpi pliajn krimojn.

1. aŭto - car
2. ĉiuj - all, everyone
3. hipnozo - hypnosis
4. juĝisto - judge
5. kamerao - camera
6. kaptezi - to capture
7. lokon - location

8. malbono - evil, wrongdoing
9. malproksime - from a distance
10. memori - to remember
11. nerva - nervous
12. nokte - at night
13. operacion - operation
14. permesilon - permit
15. preta - ready
16. psikiko - psychic
17. registras - records
18. serĉi - to search
19. silente - silently
20. timema - fearful
21. vizitanto - visitor
22. zorgema - worried

4. La Kaptoperacio

La nokto estas malluma kaj silenta en la urbo. La polica operacio baldaŭ komenciĝos. Watson kaj lia teamo marŝas al la loko de la mediumo sen fari bruon. Ili rapide eniras la ejon, ĉar ili devas agi rapide.

Ili komencas esplori la ĉambron por trovi pruvojn. En ŝranko, ili malkovras strangajn ilojn uzatajn por hipnoto. En malantaŭa ĉambro, ili trovas la mediumon, kiu aspektas surprizita.

La mediumo diras, "Mi ne faris ion malbonan!" Li sonas timigita. Ili trovas liston kun multaj nomoj, kiu ŝajnas grava. Watson rigardas la liston kaj komprenas, ke temas pri serioza afero.

Ili informas la mediumon, ke li estas arestita. Li aspektas tre zorgoplena. Reen en la policejo, Watson komencas pridemandadi la mediumon. La mediumo provas eviti respondi, turnante sian rigardon kaj restante silenta.

Watson pripensas ĉiujn indicojn, kiujn ili kolektis. Li devas kompreni la tuton. Post multaj demandoj, la mediumo konfesas, "Jes, mi uzis hipnoton." Li rigardas malsupren. Watson sentas sin kontenta, ke ili kaptis la mediumon, sed li suspektas, ke eble estas ankoraŭ io por malkovri.

1. armario - cupboard, cabinet
2. arestita - arrested
3. aspektas - looks, appears
4. ĉambro - room
5. demandoj - questions
6. hipnozo - hypnosis
7. ilojn - tools, instruments
8. kaptis - captured, caught
9. komencas - begins, starts
10. liston - list
11. malluma - dark
12. marŝas - walks, marches
13. malsupren - downwards
14. nokto - night
15. operacio - operation
16. polica - police
17. pruvon - proof, evidence
18. psikiko - psychic
19. rapidaj - quick, fast
20. respondi - to respond, to answer
21. rigardas - looks at, regards
22. rigardon - look, gaze
23. silenta - silent
24. surprizita - surprised
25. timigita - scared, frightened
26. trovas - finds
27. zorgema - worried, concerned

5. Malkovrado de la Reto

Watson komencas esplori la pasintecon de la mediumo. Li volas scii ĉion pri li. Li malkovras, ke la mediumo estis membro de pli granda grupo, kies celo estis akiri monon kaj ankaŭ kontroli homojn.

Watson serĉas aliajn individuojn, kiuj eble kunlaboris kun la mediumo. Li vizitas diversajn lokojn, kie la mediumo havis kontaktojn. Ili arestas pliajn personojn, kiuj kunlaboris kun la mediumo. En tiuj lokoj, ili trovas pliajn pruvojn, kiuj ligas ilin al la krimoj.

Watson parolas kun la urbanoj, informante ilin pri la kazo. Li konsilas al ĉiuj esti singardaj pri hipnoto, ĉar ĝi povas esti danĝera. La homoj, kiuj estis hipnotitaj, ricevas la helpon, kiun ili bezonas por resaniĝi.

Watson diligente laboras por prepari la kazon por la juĝejo. Li kolektis multajn pruvojn, kaj ĵurnalistoj skribas pri la afero. Ĝi estas kovrita en ĉiuj gazetoj. Watson preparas ĉion por la proceso, certigante ke ĉio estu perfekta.

Li sidas ĉe sia skribotablo kaj pripensas la kazon. Ĉi tiu estis unu el liaj plej strangaj enketoj. Watson sentas sin fiera, ĉar li sukcesis solvi tre malfacilan problemon.

1. afero - affair, matter
2. aferojn - things, affairs
3. diras - says
4. esplori - to explore, to investigate
5. fierulo - proud person
6. gazetistoj - journalists
7. gazetoj - newspapers
8. helpon - help, assistance
9. hipnozo - hypnosis
10. hipnotizitaj - hypnotized
11. juĝejo - court, courtroom
12. kaptas - captures, catches
13. kazo - case
14. kialo - reason, cause
15. krimkazoj - criminal cases
16. krimojn - crimes
17. laboras - works
18. malfacilan - difficult
19. montras - shows, displays

20. pasintecon - past, history
21. perfekta - perfect
22. pruvoj - proofs, evidence
23. psikiko - psychic
24. rilatojn - relationships, connections
25. singardaj - careful, cautious
26. skribas - writes
27. skribotablo - desk
28. solvis - solved
29. urbo - town, city

6. La Fina Konfronto

La urbo estas plena de novaĵoj. La proceso kontraŭ la mediumo komenciĝas. Watson staras en la juĝejo kaj prezentas al la juĝisto ĉiujn pruvojn, kiujn ili kolektis. La mediumo deklaras: "Mi ne faris ĝin!" Sed li aspektas maltrankvila.

Homoj, kiuj estis hipnotitaj, venas atesti. Ili rakontas siajn spertojn, dum fakuloj diskutas pri hipnoto. Subite, io neatendita okazas: nova pruvo aperas en la juĝejo. Watson rapide analizas ĝin kaj lerte uzas tiun novan indicon.

La juĝistoj, kiuj decidas pri la kulpigo, longe pripensas la aferon. Fine, ili prononcas sian verdikton: "Kulpas." La mediumo aspektas malĝoja. La viktimoj, kiuj suferis pro li, sentas sin pli bone nun, pensante, ke justeco estis farita.

Post la juĝo, la urbo komencas denove sentiĝi normala. La homoj sentas sin sekuraj. Watson estas kontenta pri la maniero, kiel la proceso iris. Li faris bonan laboron, kaj ankaŭ la policanoj estas feliĉaj. Ili malgrandskale festumas, fieraj pri sia sukceso.

Watson pripensas ĉion, kion li lernis el tiu kazo. Li lernis multe. Tiuvespere, Watson sidas hejme, ripozante en trankvila atmosfero. Li rigardas tra sia fenestro la pacan urbon kaj sentas sin preta por kio ajn venos poste.

1. aferon - matter, case
2. decidon - decision
3. ekspertoj - experts
4. fari - to do, to make

5. feston - celebration, party
6. hipnotizitaj - hypnotized
7. juĝistoj - judges, jurors
8. juĝo - trial, judgment
9. kazo - case, incident
10. kulpiga - guilty
11. maltrankvila - uneasy, anxious
12. novaĵoj - news, announcements
13. paroli - to speak, to talk
14. pruvo - proof, evidence
15. ripozanta - resting, relaxing

Krimo de Tempo

1. Mistera Krimo

En la estonteco, ekzistas urbo kun tre altaj konstruaĵoj, kiuj brilas sub la suno. Homoj en la urbo komencas havi strangan problemon: ili maljuniĝas tre rapide. Detektivo Ciborgo, kiu estas duonroboto, duonhomo, ekokupiĝas pri tiu mistera kazo.

Maljuna viro alproksimiĝas al li. "Mi estis juna nur hieraŭ," li diras, aspektante tre konfuzita. Detektivo Ciborgo malkovras, ke tempo estas ŝtelata de homoj. Tio estas tre stranga. Li ekzamenas kelkajn nekutimajn maŝinojn. "Ĉu tiuj maŝinoj povas ŝteli tempon?" li demandas.

Li iras vidi kelkajn sciencistojn. "Kiel eblas ŝteli tempon?" li demandas ilin. Kun la maljuna viro, ili trovas malgrandan aparaton. Ĝi aspektas kiel io el la estonteco. Detektivo Ciborgo provas eltrovi, de kie devenas tiu aparato.

Li ekscias pri bando, kiu povus ŝteli tempon de homoj. Li malkovras, ke la bando volas vivi pli longe, ŝtelante tempon de aliaj homoj. Detektivo Ciborgo decidas infiltri la bandon por malkovri pli.

Li preparas kostumon, kiu igas lin aspekti kiel unu el la bandanoj. Li promenas en areo, kie li pensas, ke la bando povus esti. Tie, li renkontas iun, kiu eble estas membro de la bando. Li komencas paroli kun li.

1. aparaton - device, gadget
2. areo - area, zone
3. aspektas - looks, appears
4. brilas - shines, sparkles
5. Ciborgo - Cyborg (half-robot, half-human detective)
6. demandas - asks, inquires
7. detektivo - detective
8. eltrovi - to find out, to discover
9. estonteco - future
10. faras - makes, does

11. forprenata - taken away, removed
12. gango - gang, group
13. kostumon - costume, outfit
14. maljuna - old, elderly
15. maljuniĝas - ages, becomes old

2. Sekreta Operacio

Detektivo Ciborgo komencas konduti kvazaŭ li apartenus al la bando. Li parolas kaj ridas kun ili, zorge atentante kaj lernante pri ilia plano. Ili celas ŝteli pli da tempo de homoj. Li rimarkas grandan maŝinon, kiu forprenas tempon de homoj kaj transdonas ĝin al aliaj.

Li sekrete sendas averton al la urbo: "Estu singardaj," ĝi diras. "Via tempo povus esti ŝtelita." Unu el la bandanoj suspektas Ciborgon. Li aspektas malkonvinkita. "Ĉu vi vere estas unu el ni?" li demandas. Ciborgo rapide reagas. "Jes, mi povas helpi pri via plano," li diras, provante ŝajnigi sin lojala.

Li sendas sekretajn mesaĝojn al siaj policaj kolegoj, rakontante al ili ĉion pri la bando. La polico komencas plani operacion por kapti la bandon kaj malhelpi iliajn krimojn. Ciborgo malkovras, kiu estas la estro de la bando—viro, kiu aspektas tre forta.

La estro diras al Ciborgo, "Mi volas vivi eterne. Tial ni ŝtelas tempon." Ciborgo pripensas saĝan planon. Li preparas kaptilon por la bando en ilia kaŝejo. Tio estas danĝera, sed li persistas. Li volas kapti la estron.

Subite, la estro konfesas ion mirigan al Ciborgo—grandan sekreton pri la bando. Tiam subite eksplodas batalo. Ciborgo devas kontraŭbatali la bandanojn. Li batalas furioze kaj kaptas kelkajn el ili, uzante sian robotan forton.

1. agi - act, behave
2. amikoj - friends
3. aspektas - looks, appears
4. batali - to fight
5. batalo - battle, fight

6. daŭras - continues, persists
7. estro - leader, boss
8. forta - strong, powerful
9. ganganoj - gang members
10. kaptilon - trap
11. kaŝejo - hideout
12. kapti - to capture, catch
13. maŝino - machine
14. nesigura - unsure, uncertain
15. plani - to plan, to arrange

3. La Tempo-Maŝino

Ciborgo zorgeme rigardas la grandan maŝinon, kiu ŝtelas tempon. Ĝi estas tre komplika. Li komencas kompreni, kiel la maŝino forprenas tempon de homoj. Li decidas, ke la maŝino devas esti detruita por haltigi la bandon.

Li iras al sciencisto. "Ĉu vi povas helpi min detrui tiun maŝinon?" li demandas. Kune, ili almetas eksplodaĵon al la maŝino, agante singarde. Subite, la bandaestro alvenas, aspektante kolere. Ciborgo staras antaŭ li. "Kial vi faras tion?" li demandas.

La estro aspektas malĝoja. "Mi timis maljuniĝon," li diras. Ciborgo aŭskultas, iom kompatante la estron. Li pripensas, kion fari kun la estro, ĉar tio estas malfacila decido. Ili premas butonon. La maŝino laŭte bruas kaj tiam ĉesas funkcii.

La urbo estas nun sekura. La homoj ne plu perdas sian tempon. Ĉiuj en la urbo estas tre feliĉaj, sentante sin sekuraj kaj rekaptinte sian tempon. Ciborgo ricevas vokon. Estas nova kazo por li solvi. Li sentas sin preta. Li estas bona detektivo kaj volas helpi homojn.

1. aŭskultas - listens
2. bedaŭras - regrets, feels sorry for
3. butonon - button
4. Ciborgo - Cyborg
5. detruadi - to destroy
6. eksplodaĵon - explosive

7. estro - leader
8. gangon - gang
9. gangleadro - gang leader
10. kompreni - to understand
11. maljuniĝon - aging
12. maŝinon - machine
13. premas - presses
14. sciencisto - scientist
15. zorgeme - carefully

4. Postkuro de Ombroj

Nova malordo ekestas en la urbo. Homoj denove komencas perdi sian tempon. Ciborgo tuj eksekvas la novajn spurojn. Li estas tre koncentrita. Li malkovras, ke la estro de la bando havis sekretan partneron. Ĉi tiu partnero estas kiel ombro—tre malfacile trovebla.

Ciborgo uzas specialajn, novajn aparatojn, kiuj helpas lin serĉi la partneron. Li scias, ke li devas rapide trovi ĉi tiun partneron, ĉar la tempo elĉerpiĝas. La partnero kaŝiĝas en la urbo. Sed kie? Ciborgo demandas al la urbanoj, "Ĉu vi vidis ion strangan?"

Tiam, li ricevas strangan mesaĝon—indico. Li tuj komprenas la signifon de la mesaĝo. Ĝi kondukas lin al specifa loko, sed estas kaptilo! La partnero atendis lin. Ciborgo devas batali kontraŭ la atakantoj. Li estas forta kaj lerta. Post la batalo, li eltrovas, kie la partnero eble kaŝiĝas.

Li planas kapti ĉi tiun partneron. Tio estos granda batalo. Ciborgo pretigas siajn armilojn kaj ilojn. Li estas preta por ĉio.

1. aparatojn - devices
2. armilojn - weapons
3. atakas - attacks
4. batalo - battle
5. batalas - fights
6. Ciborgo - Cyborg
7. estro - leader
8. forta - strong

9. homoj - people
10. ilojn - tools
11. indico - clue
12. kapti - to catch
13. kaŝiĝas - hides
14. koncentrita - concentrated, focused
15. partnero - partner

5. La Kaŝita Malamiko

Ciborgo fine trovas, kie la partnero kaŝiĝas. Estas sekreta loko en la urbo. Li moviĝas tre silente, ne volante esti aŭdita. Tie, en la ĉambro, li vidas la partneron. Ili interrigardas.

La partnero ekparolas. "Mi faris tion pro timo," li diras, kaj rakontas pri sia vivo. Ciborgo aŭskultas. La partnero havis malfacilan vivon, kio estas iom malgaja. Ili diskutas pri kio estas ĝusta kaj kio malĝusta—profunda konversacio.

Subite, ili komencas batali. Estas intensa batalo. Ciborgo uzas ĉion, kion li scias. Li estas rapida kaj forta. Post malfacila lukto, Ciborgo finfine kaptas la partneron. Ili trovas la aparaton, kiu povas redoni la tempon al la homoj.

Malrapide, homoj en la urbo komencas rekuperi sian tempon kaj ŝajnas pli feliĉaj. La polico kondukas la partneron en malliberejon. Li aspektas pentema pro tio, kion li faris. Ciborgo sidas kaj pripensas, kio estas justa kaj kio ne.

La homoj en la urbo estas tre dankemaj. Ili diras, "Dankon, Ciborgo!" Ciborgo ĝuas trankvilan momenton. Li rigardas la urbon kaj sentas, ke li faris bonan aferon.

1. aparaton - device
2. aŭdu - hear
3. babilo - conversation
4. batali - to fight
5. batalo - battle
6. Ciborgo - Cyborg

7. dankemaj - grateful
8. diskutas - discuss
9. kaŝiĝas - hides
10. malliberejon - prison
11. malprava - wrong
12. partnero - partner
13. prava - right, correct
14. rakontas - tells, narrates
15. rekuperi - recover, regain

6. Nova Komenco

La urbo nun estas trankvila kaj paca. Neniu plu ŝtelas tempon. Sciencistoj kreas novajn maŝinojn, kiuj malebligos la ŝteladon de tempo en la estonteco. Ĉiuj en la urbo konas Ciborgon kaj rigardas lin kiel heroon.

Ciborgo pasigas tempon helpante homojn, kiuj perdis tempon pro la krimoj. Tiam, li aŭdas ion zorgigan: nova danĝero minacas la urbon. Li komencas serĉi informojn. Kio estas tiu nova minaco? Li renkontas novajn homojn, kiuj volas helpi lin gardi la urbon sekura.

Ciborgo iras al sia laboratorio. Li plibonigas siajn robotajn partojn, lernante novajn aferojn. Li volas esti la plej bona detektivo, kiun li povas esti. Li pripensas, kio povus okazi kaj pretiĝas por granda defio.

Subite lia telefono sonoras. Venis tempo por nova kazo. Li surmetas sian mantelon kaj eliras. Li estas preta por sia nova tasko. Li sentas sin forta kaj kuraĝa. Li faros ĉion por protekti la urbon. Li promenas en la nokto, sciante, ke novaj aventuroj atendas lin.

Ciborgo rigardas la stelojn. Li scias, ke li helpos multajn aliajn homojn. La urbo havas bonŝancon.

1. aventuroj - adventures
2. ĉion - everything
3. danĝero - danger

4. detektivo - detective
5. forta - strong
6. gardi - to guard, to protect
7. helpos - will help
8. kuraĝa - brave, courageous
9. laboratorio - laboratory
10. mantelon - coat
11. minaco - threat
12. nokto - night
13. partojn - parts
14. pretiĝas - gets ready, prepares
15. scias - knows

La Stelo de Barato

1. La Ŝtelita Juvelo

En Londono, en 1890, la stratoj plenas de ĉaretoj tirataj de ĉevaloj kaj homoj. Raja el Barato vizitas Londonon. Li estas tre grava kaj riĉa kaj kunportas tre specialan juvelon, la Stelo de Barato. Ĝi estas tre bela. Por bonvenigi lin, oni organizas grandan feston. Tio estas impona evento.

Holmes kaj Watson, du famaj detektivoj, estas invititaj al la festo. La sekvan tagon, venas malbona novaĵo: la Stelo de Barato estis ŝtelita. La Raja estas tre malĝoja. "Mia altvalora juvelo," li diras, aspektante tre malgaja.

Holmes tuj komencas labori pri la afero. Li estas tre lerta. Li kaj Watson interparolas kun la gastoj de la festo. "Ĉu vi vidis ion strangan?" ili demandas. Ili ekscias pri viro ĉe la festo, kiu kondutis strange.

Ili esploras la ĉambron, kie la juvelo estis tenita, serĉante indikojn. Holmes trovas sekretan pordon en la ĉambro. "Aha!" li diras. Proksime de la sekreta pordo, ili trovas piedspurojn. Iu estis tie. Watson rigardas la piedspurojn. "Tio estas stranga," li diras.

Holmes pensas, ke tiuj indikoj helpos ilin trovi la ŝteliston. Li estas preta solvi la kazon.

1. afero - matter, case
2. aŭdas - hears
3. ĉaretoj - carts
4. ĉevaloj - horses
5. ĉiambro - room
6. demandas - asks
7. detektivoj - detectives
8. ekas - starts, begins
9. festo - party, celebration
10. gastoj - guests
11. interparolas - talks with, converses
12. juvelo - jewel

13. kondutis - behaved
14. malĝoja - sad
15. piedspurojn - footprints

2. La Postkuro Ekas

Holmes kaj Watson komencas sekvi la piedspurojn, kiujn ili trovis. La spuroj kondukas ilin el la homplenaj stratoj de Londono. Ili demandas pasantojn, "Ĉu vi vidis viron kondutantan strange ĉi tie?" Butikisto respondas, "Jes, mi vidis viron antaŭe hasteirantan."

Ili malkovras, ke la viro forkuris en ĉareto, kiu atendis. Feliĉe, ili lokalizas la ŝoforon de la ĉareto. La ŝoforo diras, "Li hasteiris por renkonti iun." Ili rapidas al la loko, kie la viro havis sian sekretan renkontiĝon.

Kaŝiĝante, ili aŭskultas konversacion pri la ŝtelita juvelo. Subite, Holmes kaj Watson elpaŝas kaj alfrontas la grupon. Batalo ekas! Holmes kaj Watson devas defendi sin. Ili sukcesas kapti unu el la viroj en la tumulto.

Holmes komencas demandi lin, "Kial vi ŝtelis la juvelon?" La viro malkaŝas, ke ĉio estis parto de multe pli granda intrigo. Holmes rigardas Watson, "Ni havas novan spuron por sekvi."

1. antaŭe - before
2. aŭskultas - listens
3. batalo - fight
4. butikisto - shopkeeper
5. ĉareto - carriage
6. defendi - defend
7. ekas - starts, begins
8. elpaŝas - steps out
9. forkuris - ran away
10. hasteiris - hurried off
11. intrigo - plot, scheme
12. kapti - catch, capture
13. kondukas - leads
14. konversacion - conversation

15. pasantojn - passersby

3. La Kaŝita Refugio

Sekvante la novan indikon, Holmes kaj Watson trovas sekretan lokon, bone kaŝitan. Ili eniras la rifuĝejon silente, sen fari bruon. Ene ili trovas la Stelon de Barato, kaŝitan sub drapo.

Subite, ŝtelistoj saltas el siaj kaŝejoj kaj atakas ilin. Estas kaptilo! Holmes rapide pensas kaj trovas manieron eligi ilin el la problemo. En la kaoso, ili sukcesas kapti kelkajn el la ŝtelistoj, sed la afero ankoraŭ ne estas finita.

La ĉefa persono malantaŭ ĉi tio, la ĉefkrimulo, ne estas tie. Ili esploras la rifuĝejon, serĉante ion, kio povus helpi. Holmes trovas leteron. Ĝi estas skribita en kodo kaj malfacile legeblas.

Watson rigardas la leteron. "Ni devas labori pri ĉi tio," li diras. La letero enhavas grandan surprizon, kiu ŝanĝas ĉion, kion ili antaŭe pensis. Holmes komencas plani, kion fari poste, profunde enpensiĝinte.

Ili prenas la juvelon. "Ni devas konservi ĉi tion sekure," diras Holmes. Ili revenas al Londono kun la juvelo, sekura. Holmes pripensas. Li scias, ke baldaŭ li renkontos la personon malantaŭ ĉio ĉi.

1. ankoraŭ - still, yet
2. baldaŭ - soon
3. ĉefmastro - mastermind, main leader
4. drapo - cloth, drape
5. enlitiĝas - sneaks, infiltrates
6. enpensiĝanta - thoughtful, pensive
7. faranta - making
8. juvelon - jewel
9. kaj - and
10. kaptilo - trap
11. kodo - code
12. legebla - readable
13. malantaŭ - behind

14. malfacile - difficultly
15. refugion - hideout, refuge

4. La Kaptilo de la Ĉefmastro

Holmes kaj Watson redonas la altvaloran Stelon de Barato al la Raja, kiu estas tre dankema. Holmes, kun sia brila menso, preparas lertan kaptilon por la ĉefkrimulo. Poste, el nenie, ili ricevas strangan inviton—ĝi estas de la ĉefkrimulo mem.

Ili decidas iri, kvankam ĝi povus esti danĝera; tamen ili devas kapti lin. En malhele lumigita ĉambro, ili fine renkontas la ĉefkrimulon vizaĝo al vizaĝo. Holmes kaj la ĉefkrimulo eniras profundan konversacion, kvazaŭ ĝi estus ŝakludo.

La ĉefkrimulo, sentante sin sub premo, klarigas kial li ŝtelis la juvelon. Watson montras sian kuraĝon, starante antaŭen ĝuste en la ĝusta momento. Holmes, per lerta manovro, superruzas la ĉefkrimulon, ĉiam unu paŝon antaŭ li.

Ĝustatempe, la polico eniras por aresti la ĉefkrimulon. En lasta provo eskapi, la ĉefkrimulo kuras al la pordo. Holmes kaj Watson rapide sekvas lin, decidintaj ne lasi lin fuĝi. Post aŭdaca persekuto, ili sukcesas kapti la ĉefkrimulon. Li ne povas eviti la justicon.

La ĉefkrimulo estas kondukita al malliberejo, kaj la ŝtelo de la juvelo estas finfine solvita. Reen ĉe Baker Street, Holmes kaj Watson estas festataj. Ili denove sukcesis!

1. antaŭen - forward
2. aresti - to arrest
3. aŭdaca - daring, audacious
4. ĉambro - room
5. ĉefmastro - mastermind
6. danĝera - dangerous
7. dankema - grateful, thankful
8. enpuŝiĝas - burst in, intrude
9. eskapi - to escape
10. festataj - celebrated

11. inviton - invitation
12. juŝon - justice, judgment
13. klarigas - explains
14. kondukita - led, conducted
15. kuragemon - courage, bravery

5. La Afero Fermiĝas

Holmes kaj Watson revenas al sia komforta hejmo sur Baker
Street. Sidante en siaj seĝoj, ili babilas pri la ekscita afero, kiun ili
ĵus solvis. La Raja vizitas ilin, tre feliĉa, ke li reakiris sian juvelon.
Li proponas grandan rekompencon al Holmes kaj Watson pro la
retrovo de la Stelo de Barato. Sed Holmes, estante la sinjoro, kia li
estas, rifuzas la rekompencon.

Ĵus tiam, sinjorino Hudson alportas leteron. Estas nova kazo!
Holmes rigardas al Watson kaj ridetas. Ili ambaŭ amas bonan
misteron. Ili faras mallongan paŭzon, ĝuante tasojn da teo en sia
sidĉambro. Ili komencas diskuti pri tio, kion ili povus fari en siaj
venontaj aferoj. Ambaŭ scias, ke ili estas bona teamo kaj bonaj
amikoj.

Watson diras, "Vi estas mirinda, Holmes." Li fieras pri Holmes.
Holmes ridetas kaj diras, "Mi ne povus fari tion sen vi, Watson."
Ili malfermas la leteron kaj komencas legi pri sia venonta mistero.
Tra Londono, homoj parolas pri ili. "Ili estas la plej bonaj
detektivoj," oni diras. Holmes kaj Watson prepariĝas por sia
venonta aventuro. Ili ĉiam estas pretaj solvi misteron.

1. aventuro - adventure
2. babilas - chats, talks
3. detektivoj - detectives
4. ekscita - exciting
5. fari - to do, to make
6. feliĉa - happy, glad
7. fermiĝas - closes, concludes
8. fieras - proud
9. ĝuante - enjoying

10. iometan - a little, a bit
11. komforta - comfortable
12. leteron - letter
13. mirinda - wonderful, amazing
14. paŭzon - pause, break
15. rekompenson - reward

Fraŭdo en Gibraltaro

1. La Mistera Afero

En Gibraltaro, la suno brilas hele kaj la ĉielo estas klare blua. En granda kazino, homoj okupiĝas per ludoj kaj amuziĝas. La estro de la kazino rimarkas ion strangan. Li aspektas maltrankvila, pensante, ke iu trompas en la kazino. "Tio ne povas fini bone," li diras.

Detektivo Jack Jones estas alvokita por solvi la misteron. Li estas tre lerta. Jack alvenas en la kazino, notlibro en mano, preta labori. La estro renkontas lin. "Ni havas grandan problemon," li diras al li. Jack ĉirkaŭrigardas la ludojn, zorge atentante la ludantojn.

Li interparolas kun la dungitaro. "Ĉu vi rimarkis ion neordinaran?" li demandas. Ili rakontas al li pri ludanto, kiu gajnas tro ofte, eĉ suspektinde. Jack atentas ĉi tiun ludanton. Li estas tre observema kaj komencas kolekti indikojn. "Io ne estas ĝusta ĉi tie," li pensas. Jack elpensas planon por kapti la trompanton.

Li starigas kaptilon. "Ni vidos, ĉu li falos en ĝin," li pensas. Jack atendas, preta vidi, ĉu lia plano sukcesos. Li estas pacienca, sed ekscitita.

1. alvokita - called, summoned
2. amuziĝante - enjoying, having fun
3. blua - blue
4. ekscitita - excited
5. estristo - manager, head
6. gajnas - wins
7. helas - shines brightly
8. interparolas - converses, talks with
9. kazino - casino
10. klare - clearly
11. kolekti - to collect, gather
12. ludanto - player
13. ludojn - games
14. maltrankvila - uneasy, worried

15. neordinaran - unusual, extraordinary

2. La Profunda Esplorado

La kazino estas denove plena de homoj. Jack pretiĝas por alia labortago. Li atente observas la ludanton, kiu ĉiam venkas. "Kio estas lia sekreto?" Jack demandas al si. Li rimarkas ion strangan en la poŝo de la ludanto. "Ĉu tio estas trompilo?" li pensas.

Li alproksimiĝas al la ludanto kaj faras kelkajn singardajn demandojn. La ludanto rigardas ĉirkaŭen, maltrankvile. Li rapide respondas, "Nenio vere dirinda." Poste, Jack kontrolas la sekurecajn kameraĵojn, serĉante indikojn. Sur la ekrano, li vidas la ludanton fari ion suspektan.

Li parolas kun homoj, kiuj ofte vizitas la kazinon. "Ĉu vi antaŭe vidis lin?" li demandas. Jack esploras la tempojn, kiam la ludanto kutime venas al la kazino. Li kontaktas kelkajn spertulojn pri hazardludo. "Kiel li povus trompi?" li demandas ilin.

Post interparolo, Jack komprenas la ruzon. "Tiel li faras tion," li konstatas. Li iras al la estro. "Mi scias, kiel li trompas," Jack klarigas. Kune, ili faras planon por kapti la trompanton. Ĉiuj en la kazino povas senti, ke io baldaŭ okazos. Jack preparas sin. Li estas preta kapti la trompanton. Li sentas sin memfida, sed singarda.

1. aliras - approaches
2. demandojn - questions
3. dirinda - worth saying
4. esplorado - investigation
5. estristo - manager
6. hazardludoj - gambling
7. interparolo - conversation
8. kameraĵojn - cameras
9. kazino - casino
10. ludanto - player
11. maltrankvila - uneasy
12. memcerta - confident
13. miras - wonders

14. poŝo - pocket
15. trompanton - cheater

3. La Observo

Jack trovas bonan lokon, de kie li povas rigardi la tutan kazinoetaĝon sen esti vidata. Baldaŭ, la ludanto, kiu ĉiam venkas, eniras, aspektante memfida. Jack atente observas lin, ne preterlasante eĉ unu el liaj agoj. Li rimarkas, ke estas kelkaj homoj, kiuj ŝajnas helpi la ludanton. La ludanto subtile signalas al tiuj helpantoj tra la ĉambro. Jack daŭre kolektas pruvojn, notante ĉiun detalon de ilia trompa agado.

Subite, unu el la helpantoj provas kaŝiĝi. Jack rapide sekvas lin. Ekstere, Jack kaptas la helpanton. "Gotcha," li diras. Li komencas demandi la helpanton, "Rakontu pri via plano," Jack insistas. La helpanto aspektas timema kaj rivelas ĉion pri ilia trompa intrigo.

Jack rapidas reveni al la kazino. Li devas haltigi la ceteron de la bando. Li rapide informas la teamon de la kazino pri tio, kion li malkovris. Subite, laŭta bruo kaj kriego eksonas de la kazinoetaĝo. La ludanto, kiu trompis, komprenas, ke io ne estas en ordo, kaj komencas kuri. Jack kaj la teamo de la kazino rapide reagas. Ili estas pretaj kapti la trompanton.

1. bando - gang
2. bruo - noise
3. ceteron - the rest
4. ĉambro - room
5. detalon - detail
6. ekstere - outside
7. helpantoj - assistants
8. intrigo - scheme
9. kaptas - catches
10. kazinofloro - casino floor
11. kriegado - shouting
12. notante - noting
13. plano - plan

14. proksima - close
15. troma - fraudulent

4. La Pereo

La ludanto, kiu trompis, ekrapidas tra la homplena kazino. Jack rapide sekvas, manovrante inter la homoj, kiuj ludas. La ludanto rigardas super sian ŝultron, kun vizaĝo montranta timon kaj zorgon. Li kuras al la elirejo de la kazino, esperante eskapi. Sed la personaro de la kazino estas rapida kaj moviĝas por bari la pordon.

La ludanto, nun malespera, serĉas alian vojon por eliri. Li eniras la kuirejon, kie la personaro rapide laboras. En la kaoso, poto da supo falas sur la plankon, igante ĝin tre glitiga. La ludanto provas kuri sur la glita planko, sed li falas. Jack, kiu estis proksime post li, finfine kaptas lin.

La ludanto, konsciante, ke li ne povas eskapi, levas siajn manojn en signo de kapitulaco. Ili kondukas lin reen tra la kazino al la oficejo de la estro. En la oficejo, la ludanto konfesas, "Jes, mi trompis." Baldaŭ, la polico alvenas ĉe la kazino por aresti la ludanton. Jack observas dum la polico forprenas lin. Li sentas reliefon. La afero preskaŭ estas fermita.

1. afero - matter, case
2. alvenas - arrives
3. baroti - to block
4. ĉaoso - chaos
5. elirejo - exit
6. elĉirkaŭante - maneuvering through
7. eniras - enters
8. estristo - manager
9. falas - falls
10. kapitulon - surrender
11. konsciante - realizing
12. kuirejon - kitchen
13. personaro - staff
14. planko - floor
15. sekvadas - follows closely

5. Eltrovante la Intrigon

En la oficejo de la estro de la kazino, Jack sidas ĉe la tablo fronte al la kaptita ludanto. La ludanto komencas paroli. Li rakontas al ili ĉiujn detalojn pri kiel ili trompis. Li klarigas la rolojn de siaj komplicoj en la trompado. "Ili uzis aparatojn," li diras, montrante la aparatojn, kiujn ili kaŝis por trompi. Poste li malkaŝas, kiu elpensis la tutan planon.

Jack aŭskultas kaj komprenas, ke la situacio estas multe pli serioza ol li unue supozis. Li rapide vokas la policon. "Ni havas pli grandan situacion," li diras. Jack elpensas planon por kapti ĉiujn implikitajn. Ili starigas falsan ludon en la kazino, esperante kapti la aliajn trompistojn. Jack kaj la polico kaŝiĝas, atente observante la ludon.

Baldaŭ, la aliaj membroj de la bando alvenas, pensante, ke temas pri nur alia ludo. Kiam ili komencas trompi, Jack kaj la polico elsaltas kaj kaptas ilin. Ili sukcesas kapti ĉiun bandanon. La bandomembroj aspektas ŝokitaj, ne atendinte esti kaptitaj. La kazino nun estas liberigita de la trompanta bando, kaj ĉiuj sentas sin pli sekuraj.

1. aparatojn - devices
2. atentante - watching carefully
3. bando - gang
4. bandomembroj - gang members
5. elpensas - devises
6. elvidon - out of sight
7. estristo - manager
8. falsan - fake
9. kaptili - to trap
10. kaŝiĝas - hide
11. liberigas - frees
12. ludanto - player
13. ludon - game
14. paroli - to speak
15. trompanta - cheating

6. La Ĉefmastro Malkaŝiĝas

Jack sidiĝas kun la kaptitaj membroj de la bando kaj komencas fari demandojn. Li lernas ion surprizan: estas ligo al fama persono. La vera cerbo malantaŭ ĉi tiu tuta trompado fine estas nomita. Tio estas ŝoko. La ĉefkrimulo estas iu, kiun neniu atendis.

Jack laboras diligente por kolekti ĉiujn pruvojn, kiujn li bezonas kontraŭ ĉi tiu ĉefkrimulo. Li pensas pri lerta maniero por kapti lin. "Tio funkcios," li diras al si mem. Jack atendas, esperante, ke lia kaptilo kaptos la ĉefkrimulon. Post iom da tempo, la ĉefkrimulo eniras la kazinon, ne konscia pri la kaptilo.

Jack interparolas kun li, farante lertajn demandojn por igi lin konfesi. La ĉefkrimulo komencas paroli. "Jes, mi planis ĉion," li konfesas. Li klarigas, kial li faris tion—trista historio pri mono kaj potenco. Jack vokas la policon. "Ni kaptis lin," li diras.

La polico venas kaj arestas la ĉefkrimulon. Nun li ne povas eskapi. Ĉiuj sentas sin feliĉaj, ke la trompado estas haltigita. La kazino estas sekura. La estro de la kazino premas la manon de Jack. "Multan dankon," li diras.

1. arestas - arrests
2. ĉefmastro - mastermind
3. ĉiuj - all, everyone
4. demandojn - questions
5. diligente - diligently
6. envenas - enters
7. estristo - manager
8. fari - to make, to do
9. feliĉaj - happy
10. haltigita - stopped, halted
11. kaptilo - trap
12. kaptitaj - captured
13. konfesi - to confess

14. lerta - clever, skilled
15. trompado - cheating, deception

7. La Afero Fermiĝas

La kazino estas plena de feliĉaj homoj. Ili festas por esprimi sian dankon. Ĉiuj aplaŭdas Jackon. "Vi estas nia heroo," ili diras. La Raja, kiu unue raportis la fraŭdon, premas la manon de Jack. "Dankon," li diras kun rideto. La estro de la kazino proponas al Jack grandan rekompencon—multe da mono.

Jack ridetas kaj diras, "Ne, dankon. Mi nur faras mian laboron." Reen en sia oficejo, Jack sidiĝas kaj pensas pri la afero. Li komencas verki detalan raporton. Li rigardas tra la fenestro. "Mi faris bonan laboron," li pensas.

Watson, lia amiko, eniras. "Bone farite, Jack. Vi estas mirinda!" Ili komencas diskuti pri tio, kion ili povus fari poste. Jack lernis multon el ĉi tiu afero. Li estas pli bona detektivo nun. Ĵus tiam, letero alvenas. Estas nova mistero por Jack.

Li stariĝas, ekscitita. "Mi estas preta por kio ajn venos poste!" Jack rigardas tra la fenestro al Gibraltaro. Li estas preta solvi pli da kazoj. Li sentas sin decidema. Li amas esti detektivo—tio estas lia pasio.

1. aplaŭdas - applauds
2. afero - matter, case
3. decidema - decisive, determined
4. detektivo - detective
5. ekscitita - excited
6. estristo - manager
7. feliĉaj - happy
8. festas - celebrates
9. fraudon - fraud
10. heroo - hero
11. letero - letter
12. mistero - mystery
13. oficejo - office

14. pasio - passion
15. rekompenson - reward

Krimo en Honkongo

1. La Mistera Alveno

En Honkongo, en 1990, la urbo estas plena de vivo, kun homamasoj ĉie kaj briletantaj lumoj. Ĉiuj parolas pri homoj, kiuj venas en la urbon sen permeso. Inspektoro Tony Dawson, fama pro sia granda lerteco, komencas esplori ĉi tiun aferon. Li iras al la okupata haveno por observi la ŝipojn kaj la homojn tie.

Tony atente rigardas la boatojn venantajn el Ĉinio. Li interparolas kun la respondeculo de la haveno. "Ĉu vi rimarkis ion suspektindan?" li demandas. Tony suspektas, ke la Triadoj, sekreta organizaĵo, povus esti implikitaj. Li parolas kun homoj, kiuj loĝas proksime al la haveno. "Ĉu vi vidis ion nekutiman?" li demandas ilin.

Tiam, iu diskrete informas lin pri sekreta renkontiĝo. Tony decidas gardi la havenon dum la nokto por ekscii, kio vere okazas. Li trovas bonan kaŝejon, de kie li povas observi la tutan areon. Li rimarkas boaton, kiu ne aspektas kiel la aliaj. "Tio estas stranga," li pensas.

Li zorge sekvas la homojn, kiuj eliras el tiu boato. Tony atente notas ĉion kaj fotas por havi pruvojn. Li kolektas informojn, kaj poste li trovas ion, kio povus konduki lin al la Triadoj. "Eble ĉi tiu estas la spuro," li pensas.

1. afero - matter, issue
2. aspektas - appears, looks like
3. boatojn - boats
4. brilantaj - shining, sparkling
5. ĉie - everywhere
6. ĉinio - China
7. decidas - decides
8. haveno - harbor
9. homojn - people
10. indikojn - clues, evidence
11. inspektoro - inspector

12. kaŝejon - hiding place
13. lerteco - skill, expertise
14. mallume - in the dark
15. notas - notes, records

2. La Ombra Vojo

Tony komencas esplori la kaŝitajn partojn de Honkongo, kie sekretoj estas bone gardataj. Li interparolas kun homoj, kiuj havas sciojn pri tio, kio okazas en la ombroj. Liaj suspektoj pri la Triadoj, sekreta organizaĵo, plifortiĝas. Iu trankvile informas lin pri loko, kie la Triadoj kutime renkontiĝas.

Tony surmetas alian vestaĵon por ŝajnigi, ke li apartenas al tiu medio. Li aŭdas homojn paroli pri kontrabando en la urbon. Tony preskaŭ estas rimarkita de danĝera individuo, sed li sukcesas kaŝiĝi ĝustatempe. Li rapide forlasas la lokon, certigante, ke neniu lin sekvas.

Reveninte al sia oficejo, Tony zorgeme pripensas ĉion, kion li aŭdis. Li ekscias, ke ĉi tiuj sekretaj planoj rilatas al butiko en la urbo. Tony sidas kaj observas la butikon, atendante vidi ion gravan. Poste li vidas iun el la Triadoj eniri la butikon. "Jen vi," li pensas.

Li prenas la telefonon. "Mi bezonas iom da helpo ĉi tie," li diras al la polico. Tony pretiĝas. Li estas decidita haltigi la renkontiĝon de la Triadoj. La suno subiras, kaj Tony sentas sin streĉita. Estas preskaŭ tempo por la granda momento.

1. alportado - bringing, importation
2. butikon - shop, store
3. diligentaj - diligent, careful
4. forlasas - leaves, departs
5. gardataj - guarded, protected
6. havas - has, possesses
7. kaŝitajn - hidden, concealed
8. nervoza - nervous, anxious
9. ombroj - shadows, darkness
10. paroli - to talk, to speak

11. pensoj - thoughts, ideas
12. postsekvos - will follow, will pursue
13. renkontiĝas - meet, gather
14. sekreta - secret, clandestine
15. surmetas - puts on, dons

3. La Rajdo

La polico pretas kaj alproksimiĝas al la konstruaĵo, kie troviĝas la Triadoj. Kun laŭta frapo, ili elbatas la pordon kaj rapide eniras. La loko estas ĥaosa, kun skatoloj kaj paperoj disĵetitaj ĉie, malkaŝante iliajn sekretajn planojn. La polico kaptas multajn membrojn de la Triadoj. Ili nun ne eskapos.

Tony ĉirkaŭrigardas, esplorante ĉiun angulon por trovi pliajn indicojn. Li malkovras gravajn dokumentojn, kiuj rivelas pli pri kiel ili kontrabandas homojn en la urbon. La polico komencas pridemandadon de la Triadoj. "Diru al ni ĉion," ili postulas. Ili malkovras la amplekson de ĉi tiu sekreta kontrabandado.

Tony rimarkas foton. "Tiu estas la ĉefo," li konstatas. Li ekkuras kaj komencas postkuri ĉi tiun ĉefan figuron tra la homplena strato. Tony moviĝas rapide, eĉ tra la homamaso. La persekuto prenas subitan turnon kaj kondukas ilin al la haveno.

Ĉe la kajo, Tony kaptas kaj alfrontas la suspektaton. "Haltu!" li krias. Sentante sin kaptita, la suspektato konfesas, "Jes, mi faris tion. Mi bedaŭras." Tony atente aŭskultas, dum la suspektato klarigas, kiel ili kontrabandis homojn en Honkongo.

1. alportas - brings, carries
2. ĉefan - chief, main
3. ĉirkaŭrigardas - looks around, surveys
4. demandi - to ask, inquire
5. dokumentojn - documents, papers
6. enkaptita - trapped, cornered
7. enportis - brought in, imported
8. foton - photo, photograph
9. forbatas - knocks down, breaks down

10. haveno - harbor, port
11. konstruaĵo - building, structure
12. malorda - messy, disorganized
13. persekuto - pursuit, chase
14. pretiĝas - prepares, gets ready
15. respondecula - responsible, accountable

4. Malkovrante la Reton

Tony diligente laboras, reviziante ĉiujn indicojn, kiujn li kolektis. Li komencas kompreni, ke temas pri pli ol nur kontrabando; estas granda, sekreta komploto. Li kunvenas kun homoj, kiuj havas profundajn sciojn pri tiuj, kiuj estas kontraŭleĝe transportataj al malpermesitaj lokoj.

Tony esploras alian lokon, kie li suspektas, ke okazas kontraŭleĝaj agadoj. Malfrue en la nokto, Tony kaj lia teamo pretas interveni por malhelpi pliajn krimojn. En la silento de la nokto, ili eniras la lokon, kiun ili observis. Tie ili trovas homojn, kiuj estis kontrabanditaj en Honkongo kontraŭleĝe, kaj ili helpas ilin.

La homoj, kiujn ili trovis, rakontas siajn dolorajn historiojn al Tony. Iliaj rakontoj estas malfacile aŭskultindaj. Ili spertis multajn suferojn. Tony ekscias pri la metodoj, kiujn la krimuloj uzis por kontrabandi aliajn en Honkongo.

Li organizas gravan kunvenon kun la polica estraro. Kune, ili ellaboras planon por fini la tutan kontrabandan reton. Tony sentas sin kuraĝigita kaptante tiujn, kiuj respondecas pri ĉi tiuj krimoj. Li serioze pripensas, kio estas ĝusta kaj malĝusta en ĉi tiu kompleksa situacio.

Tony preparas ĉion. Li scias, ke baldaŭ li devos alfronti la ĉefajn krimulojn malantaŭ ĉi tiu afero.

5. La Intrikitaj Ligoj

Tony rigardas ĉiujn indicojn kaj ekvidas kiel ili interrilatas. Iu neatendita persono alvenas kaj diras, "Mi volas helpi vin." La afero estas multe pli granda ol Tony unue supozis. Ĝi estas vere kompleksa sekreta intrigo. Li komencas esplori, kien iras la mono ligita al ĉi tiu krima agado.

Tony malkovras bankajn kontojn, kiuj ne devus ekzisti. Ili ŝajnas tre suspektindaj. Li ekscias pri sekreta renkontiĝo de ĉiuj gravaj krimuloj. Tony kaj liaj policoamikoj prepariĝas por eniri ĉi tiun renkontiĝon sen rimarkiĝi.

Dum la renkontiĝo, ili atente aŭskultas kaj notas ĉion gravan. Subite okazas io tute ne atendita. Unu el la krimuloj subite forkuras. Tony komencas postkuri lin. La persekuto estas intensa kaj rapida. Tony scias, ke li devas kapti lin tuj.

Post streĉa persekuto, ili kaptas la fuĝanton. Tiu ĉi persono diras, "Mi diros al vi, kiu vere estas malantaŭ ĉio ĉi." Tony ne povas kredi siajn orelojn. La respondeculo estas iu, kiun ĉiuj konas. Kun ĉi tiuj novaj informoj, Tony ekplanas fortan kazon por alfronti la ĉefajn krimulojn.

1. afero - matter, affair
2. aŭdas - hears
3. bankajn kontojn - bank accounts
4. forkuras - runs away
5. gravaj - important, serious
6. intrikitaj - entangled, intricate
7. kaptas - captures, catches
8. kunordigi - coordinate, organize
9. ligitaj - linked, connected
10. malbona - bad, evil
11. malbonuloj - bad guys, villains
12. persekuto - pursuit, chase
13. postkuras - chases, pursues
14. renkontiĝo - meeting, gathering
15. suspektaj - suspicious

6. La Lastaj Elementoj

Tony kunvokas la plej bonajn policooficirojn por helpi lin. Ili ĉiuj kaŝe observas la lokon, kie ili suspektas, ke la ĉefpensulo povus esti. Tre silente, ili alproksimiĝas al la kaŝejo sen fari iun ajn bruon. Ili ĉirkaŭas la lokon, kie ili kredas, ke la ĉefpensulo kaŝiĝas.

Ĉiuj estas tre kvietaj kaj streĉitaj, dum ili pretas eniri. Ili rapide invadas la kaŝejon por kapti la ĉefpensulon. Tony ekvidas la ĉefpensulon. Fine ili estas vizaĝe al vizaĝo. Tony kaj la ĉefpensulo interparolas; la ĉefpensulo estas kolera.

La ĉefpensulo klarigas al Tony, kial li faris ĉiujn ĉi aferojn. Fine, la polico arestas la ĉefpensulon. Li nun ne plu povas eskapi. Tony kaj lia teamo estas tre kontentaj. Ili sukcesis! Tony sidiĝas kaj pripensas, kiel malfacila estis ĉi tiu tasko.

La viktimoj de la ĉefpensulo fine ricevas justecon kaj nun sentas sin pli bone.

1. afero - matter, affair
2. alproksimiĝas - approach, draw near
3. ĉefpensanto - mastermind, main thinker
4. ĉirkaŭas - surrounds, encircles
5. eniras - enters, goes in
6. forkuri - to run away, escape
7. feliĉaj - happy, pleased
8. interparolas - converse, talk with each other
9. justicon - justice, fairness
10. kaŝas - hides, conceals
11. kaŝejo - hideout, hiding place
12. kolera - angry, mad
13. nervozaj - nervous, anxious
14. policooficirojn - police officers
15. vundis - injured, harmed

7. La Afero Fermiĝas

Tony revenas al la policejo, tenante la dosierojn de la kazo. Sur lia vizaĝo estas granda rideto, ĉar li sentas sin kontenta pri sia laboro. Li iras por vidi sian estron kaj diras al li, "La kazo estas fermita." La ĉefo respondas, "Bonege, Tony. Vi faris elstaran laboron."

Ili informas ĉiujn pri la fino de la kazo dum granda gazetara konferenco. Homoj sur la stratoj diras "Dankon" al Tony. Ili estas tre dankemaj. Tony sidiĝas kaj pripensas kiel ĉi tiu kazo ŝanĝis lin. Li iras hejmen kaj rakontas al sia familio ĉion, kio okazis.

Sidante trankvile, Tony sentas sin en paco kaj feliĉa. Ĉio estas serena nun. Ĉe la laboro, la aliaj policistoj diras, "Vi estas mirinda, Tony!" Iu donas al Tony specialan donacon por esprimi dankon pro lia diligenta laboro. Rigardante tra la fenestro, Tony pripensas, kion li faros sekve.

Li scias, ke pli malfacilaj taskoj baldaŭ venos al li. Tony sentas sin preta por novaj aventuroj. Li estas tre sperta detektivo. Kun tiu granda kazo nun finita, Tony sentas eksciton antaŭ la solvo de novaj misteroj.

1. aventuroj - adventures
2. ĉefo - boss, chief
3. dosierojn - files, documents
4. ekscitiĝas - becomes excited
5. feliĉa - happy, pleased
6. fermiĝis - ended, closed
7. informkonferenco - press conference
8. laboro - work, job
9. malfacila - difficult, hard
10. mirinda - wonderful, amazing
11. misteroj - mysteries
12. polican stacion - police station
13. preta - ready, prepared
14. rideton - smile
15. trankvila - calm, peaceful

Antarkta Mistero

1. La Malvarma Malkovro

En Rothera, malgranda urbo en la Brita Antarkta Teritorio, tre malproksime kaj tre malvarme, troviĝas multe da glacio kaj neĝo. Iu trovas viron kuŝantan en la neĝo, senmove. Homoj ĉe la esplorstacio rimarkas ĉi tion kaj komencas maltrankviliĝi.

Ili vokas inspektoron Morrison, detektivon el la Falklandoj, por helpo. Morrison alvenas per malgranda aviadilo. La vento estas malvarma kaj forta. Li marŝas al la loko kaj vidas la viron en la neĝo. La sceno aspektas tre malgaja.

"Ĉu iu scias, kiu estas ĉi tiu viro?" demandas Morrison al la homoj tie. Li kunvokas homojn por helpi lin eltrovi, kio okazis. Ĉiuj rigardas ĉirkaŭ la viro en la neĝo, serĉante indicojn.

Proksime al la viro, ili trovas ion nekutiman. "Kio estas ĉi tio?" Morrison demandas surprizite. Li parolas kun la homoj ĉe la stacio. "Ĉu vi vidis ion strangan?" li demandas.

Kuracisto alvenas por ekzameni la viron. "Kiel li mortis?" demandas Morrison. La kuracisto respondas, "Ĉi tio ne estas normala. Ĝi estas mistero." Ili trovas ion kaŝitan en la neĝo proksime al la viro. Ĝi estas indico.

Morrison penseme konsideras la situacion. "Kio okazis ĉi tie?" li demandas sin.

1. aferoj - matters
2. esplorstacio - research station
3. kaŝitan - hidden
4. komencas - begins
5. komencas maltrankviliĝi - starts to worry
6. kuŝantan - lying
7. malgranda - small
8. malmalvarme - coldly
9. malproksime - far away
10. mistero - mystery
11. mortis - died

12. nekutiman - unusual
13. penseme - thoughtfully
14. rigardi - to look at
15. viro - man

2. Malkovrado de Sekretoj

Morrison komencas esplori, kiu estis la viro. Li parolas kun la homoj ĉe la stacio, kiuj konis la viron. Li malkovras, ke estis konfliktoj kaj ke ne ĉiuj estis kontentaj.

Estas ĉambro, kiu ĉiam estas ŝlosita. Morrison scivolas, kio estas interne. Ili sukcesas malfermi la ĉambron. Ene, ili komencas serĉi. Ili trovas dokumentojn, kiuj ŝajnas tre gravaj.

Inter la dokumentoj, estas noto, kiu avertas pri io danĝera. Morrison multe pripensas la kazon, restante maldorma malfrue en la nokto. Subite, li aŭdas strangan bruon ekstere.

Li eliras kaj vidas piedspurojn en la neĝo. La spuroj kondukas al kaŝita loko ĉe la stacio. Li vidas grupon da homoj, kiuj kviete interparolas en tiu kaŝita loko.

Morrison aŭskultas. Ili parolas pri io serioza. Unu persono ĉe la stacio komencas aspekti tre suspektinda. Morrison notas pliajn indicojn kaj aferojn, kiujn li malkovris. Li alproksimiĝas al la solvo de ĉi tiu mistero.

1. aferojn - matters, things
2. aŭdas - hears
3. aŭskultas - listens
4. babilas - chats
5. disputoj - disputes, arguments
6. esplori - to investigate
7. feliĉaj - happy
8. kaŝita - hidden
9. kondukas - leads
10. malkovras - discovers
11. malkovrado - discovery

12. malfermi - to open
13. piedspurojn - footprints
14. serioza - serious
15. ŝajnas - seems, appears

3. La Intrigo Densiĝas

Dum la suno leviĝas, Morrison jam estas maldorma, penseme pripensante la kazon. Li sidiĝas kun la nova suspektato kaj komencas fari demandojn. La suspektato skuas la kapon. "Mi faris nenion," li diras.

Morrison iras al la ĉambro de la suspektato kaj komencas serĉi. En tirkesto, li trovas taglibron. Ĝi estas plena de sekretoj. Li legas la taglibron, kiu mencias sekretan planon.

Subite, ekster komenciĝas granda ŝtormo. La vento ululas. Ĉiuj ĉe la stacio ne povas foriri pro la ŝtormo, kaj la etoso fariĝas tre streĉa. Homoj estas maltrankvilaj kaj timigitaj.

En la taglibro, Morrison trovas plian indicon. Estas mapo en la taglibro, kiu montras lokon nekonatan al ĉiuj. Morrison pensas, "Ni devas iri tien." Li komencas plani.

Lia teamo aspektas maltrankvila. "Ĉu vi certas?" ili demandas. Morrison kapjesas. "Ni devas malkovri la veron," li diras. Ili komencas prepari siajn mantelojn kaj botojn, certigante ke ili estas pretaj por la malvarmo.

1. botojn - boots
2. demandojn - questions
3. densiĝas - thickens, intensifies
4. fari - to make, to do
5. intrigo - intrigue, plot
6. kapjesas - nods (his head)
7. komenciĝas - begins
8. legas - reads
9. maltrankvila - uneasy, worried
10. mantelojn - coats

11. maldorma - awake
12. mapo - map
13. penseme - thoughtfully
14. sekreta - secret
15. tirkesto - drawer

4. La Ekspedicio

Morrison kaj lia teamo prepariĝas forlasi la varman stacion. Ili envolviĝas en dikaj manteloj kaj ĉapeloj, pretaj alfronti la glacian venton. Tenante la mapon, ili sekvas ĝin, serĉante indicojn en la neĝo.

Ili trovas kavernon, preskaŭ kaŝitan sub neĝo kaj glacio. Ene de la kaverno estas mallume. Ili trovas kaŝitajn objektojn, inter kiuj estas kelkaj, kiuj apartenis al la viro trovita en la neĝo.

Poste ili malkovras ion grandan, surprizon, kiu povus ŝanĝi la tutan kazon. Ili rapide revenas al la stacio, kun mensoj plenaj de novaj ideoj. Morrison kunvokas ĉiujn. "Aŭskultu, kion ni trovis," li diras.

Sed dum li parolas, iuj komencas laŭte disputi. Subite, unu persono mencias la mortintan viron, aspektante malgaja. Morrison atente aŭskultas. "Do jen kial li estis mortigita," li pensas.

Unu persono ĉe la stacio komencas aspekti tre maltrankvila. Morrison scias, ke li devas protekti ĉiujn kontraŭ ĉi tiu danĝera individuo. Li komencas plani kiel kapti la personon, kiu respondecas pri ĉi tio.

1. aferojn - things, matters
2. alfronti - to confront, face
3. apartenis - belonged
4. aspektante - looking, appearing
5. dikaĵaj - thick (used for coats here)
6. envolviĝas - wrap themselves
7. forlasi - to leave
8. glacian - icy, glacial

9. kaŝitajn - hidden
10. kavernon - cavern
11. konservi - to keep, preserve
12. kunvenigas - gathers, assembles
13. laŭte - loudly
14. mortigita - killed, murdered
15. prepariĝas - prepares, gets ready

5. La Vero Malkaŝita

Matene, ĉiuj ĉe la stacio manĝas kune, sed la etoso estas tre silenta. Morrison atente observas kelkajn homojn, profunde pensema.

Li stariĝas. "Ĉu ĉiuj bonvolu veni ĉi tien?" li demandas. Morrison montras la indicojn kaj objektojn, kiujn li trovis en la kaverno. Li turnas sin al unu persono. "Mi pensas, ke vi scias, kio okazis," li diras.

La persono, al kiu li turniĝas, ekkoleras. "Mi ne faris ĝin!" ili krias. Morrison restas trankvila. "Jen kial mi kredas, ke vi faris ĝin," li klarigas.

Subite, alia persono stariĝas. "Mi faris ĝin," ili konfesas. Ĉiuj estas ŝokitaj. La konfesinto komencas rakonti sian historion, kiu estas tre malgaja. Ili klarigas kial ili faris ĉi tiun teruran agon.

La polico alvenas kaj forprenas la personon. Ili devas iri al malliberejo. Homoj ĉe la stacio diras kelkajn vortojn por memori la viron, kiu mortis.

Morrison sidas sola, pripensante ĉion, kio okazis. Li komencas skribi sian raporton, detaligante ĉion. Homoj ĉe la stacio venas al li. "Dankon," ili diras. "Vi faris bonegan laboron."

1. aferojn - things, matters
2. bonegan - excellent, great
3. fariĝas - becomes
4. faris - did, made
5. forprenas - takes away

6. kaverno - cavern
7. klarigas - explains
8. kolera - angry
9. kviete - quietly
10. malliberejo - prison
11. manĝas - eat
12. memori - to remember
13. pensemas - thinks deeply
14. pripensante - contemplating, reflecting
15. rakonti - to tell, to narrate

6. Finpretigo

Morrison sidiĝas kun ĉiuj ĉe la stacio. "Nur kelkaj pliaj demandoj," li diras. Li iras ĉirkaŭe, skuante manojn. "Adiaŭ kaj dankon," li diras al ili. Li pakas sian sakon kaj rigardas ĉirkaŭe. Estas tempo forlasi ĉi tiun malvarman lokon.

La aviadilo ekflugas. Morrison rigardas el la fenestro, sentante sin trankvila. La aviadilo alteriĝas en Port Stanley. Morrison sentas sin feliĉa esti hejme. Li rekte iras al sia ĉefo. "La kazo estas solvita," li diras.

Lia ĉefo ridetas. "Bone farite, Morrison. Eksterordinara laboro," li diras. Hejme, Morrison sidas kviete. Estas bone rilaksi. Li rigardas el la fenestro, pripensante kion li faros poste.

La poŝtisto alvenas. Morrison ricevas leteron. Ĝi estas dankesprimo. Morrison decidas ripozi kelkajn tagojn. Sed poste li ricevas telefonvokon. "Ni havas novan kazon por vi," ili diras.

Li komencas prepari siajn aferojn. Li devas esti preta. Rigardante sin en la spegulo, li pensas, "Mi povas solvi ankaŭ ĉi tion." Morrison surmetas sian mantelon kaj ĉapelon. Li estas preta por sia sekva aventuro.

1. adiaŭ - goodbye
2. alteriĝas - lands
3. aventuro - adventure

4. aventuron - adventure
5. dankesprimo - letter of thanks
6. ekflugas - takes off
7. estas - is, are
8. feliĉa - happy
9. finpretigo - finishing, finalizing
10. forlasi - to leave
11. iom - a little, some
12. pakaĵas - packs
13. poŝtisto - postman
14. rilaksi - to relax
15. skuetante - shaking

7. Nova Komenco

Morrison eniras sian oficejon, sentante sin freŝa kaj preta alfronti novajn defiojn. Li malfermas dosieron sur sia skribotablo—temas pri nova kaj enigma kazo. Li komencas telefoni homojn kaj legi raportojn, kolektante ĉiun disponeblan informon.

Morrison renkontiĝas kun homoj, kiuj havas ligojn al ĉi tiu nova mistero. "Rakontu al mi, kion vi scias," li demandas. En amaso da dokumentoj, li rimarkas ion, kio kaptas lian atenton. "Hmm, tio estas stranga," li pensas.

Li iras al la loko, kie la mistero komenciĝis, zorge esplorante la ĉirkaŭaĵon. En angulo, li trovas ion, kio igas lin halti. "Nu, tion mi ne atendis," li murmuras.

Li parolas kun homoj, kiuj estis tie kiam ĝi okazis. "Ĉu vi vidis ion nekutiman?" li demandas. Reen ĉe sia skribotablo, li etendas ĉiujn indicojn, provante vidi kiel ili kongruas.

Surstrate, li rimarkas iun, kiu kondutas strange. "Ĉu ili povus esti implikitaj?" li scivolas. Morrison decidas sekvi tiun personon, ĉar li devas scii, kion ili faras.

Li komencas postkuri la suspektaton, provante ne perdi ilin elvido. Post rapida persekuto, Morrison kaptas ilin. "Kaptita," li diras, iomete elspire. Li pridemandas la suspektaton kaj komencas kompreni la veran historion malantaŭ la mistero.

Morrison rigardas el la fenestro, sentante sin ekscitita. "Mi estas preta por ĉio, kio venos poste," li pensas.

1. alfronti - to confront
2. disponeblan - available
3. dosiern - file, dossier
4. enigma - enigmatic, mysterious
5. etendas - spreads out
6. freŝa - fresh
7. kaptas - catches
8. komenciĝis - began
9. kondutas - behaves
10. mistero - mystery
11. postkuri - to chase
12. preta - ready
13. rimarkas - notices
14. scivolas - wonders
15. skribotablo - desk

La Kontrabandistoj de Cornwall

1. Mistera Malkovro en Cornwall

Cornwall estas belega loko kun altaj klifoj kaj sablaj plaĝoj. En malgranda vilaĝo apud la maro, la vivo estas trankvila kaj serena. Iun tagon, iu promenanta sur la plaĝo trovas pakaĵon kaŝitan en la sablo. Ili rapide vokas la policon por veni kaj ekzameni ĝin.

Detektivino Sarah Mills, konata pro sia lerteco, venas por esplori. Sarah malfermas la pakaĵon kaj malkovras, ke ĝi estas plena de drogoj. En la vilaĝo, homoj komencas murmuri pri malnovaj rakontoj de kontrabandistoj. Sarah iras ĉirkaŭe demandante, ĉu iu vidis ion nekutiman. Iu persono memoras vidi boaton en la mallumo, malfrue nokte.

Sarah vokas sian teamon por helpi ŝin kun ĉi tiu mistera kazo. En la pakaĵo, ili trovas pecon de mapo, kiu montras vojon al sekreta loko, kaŝita golfeto. Sarah decidas, ke ili devas observi la golfeton kiam fariĝas mallume. Ŝi starigas fotilojn por kapti ĉion, kio okazas ĉe la golfeto. Nun, ili atendas kaj observas, pretaj vidi kio okazos sekve.

1. belega - beautiful
2. boaton - boat
3. ĉirkaŭiras - goes around
4. drogoj - drugs
5. fariĝas - becomes, gets
6. golfeto - small bay, cove
7. kaŝita - hidden
8. klifoj - cliffs
9. kontrabandistoj - smugglers
10. lerteco - skill, cleverness
11. mallumo - darkness
12. malnova - old
13. murmuri - to murmur, whisper
14. nekutiman - unusual
15. pakaĵon - package

2. La Kaŝita Vojo

La teamo observas la golfeton la tutan nokton, serĉante ian movadon. La nokto estas trankvila, kun nenio krom la ondoj. Kiam la suno leviĝas, ili rimarkas piedspurojn en la sablo. Ili decidas sekvi la spurojn por vidi, kien ili kondukas.

La piedspuroj gvidas ilin laŭ vojo kaŝita inter arbustoj. Kaŝite inter la arboj, ili aŭdas homojn parolantajn pri drogkomerco. Sarah rapide skribas notojn kaj fotas la vojon. Ili ekscias pri iu el la vilaĝo, kiu kondutas strange.

Sarah iras paroli kun ĉi tiu persono, demandante multajn demandojn. Sed la persono diras malmulte. Ĝi estas senelira vojo. Tiam, la telefono de Sarah sonoras. Estas nova indico pri la kazo. Ili malkovras, ke estas alia golfeto, kien la kontrabandistoj eble iras.

Sarah kaj ŝia teamo komencas prepari sin por observi ĉi tiun novan golfeton. La etoso en la vilaĝo ŝanĝiĝas, kun policaj aŭtoj kaj oficiroj ĉie. Kiam nokto falas, ili preparas siajn fotilojn kaj kaŝas sin, pretaj observi la duan golfeton.

1. arbustoj - bushes
2. demandojn - questions
3. drogoj - drugs
4. fotas - photographs
5. gvidas - leads
6. kaŝita - hidden
7. kaŝite - secretly, hidden
8. kondutanta - behaving
9. kondukas - leads
10. movadon - movement
11. nokto - night
12. notojn - notes
13. oficiroj - officers
14. piedspurojn - footsteps
15. vendado - selling

3. La Sekretoj de la Golfeto

Ili kviete moviĝas kaj trarigardas la duan golfeton dum la mallumo. Ili trovas kaj arestas homojn, kiuj kaŝas sin kaj kontrabandas drogojn. Sarah komencas demandi la kontrabandistojn malfacilajn demandojn. De ili, ŝi ekscias pri granda reto de kontrabandistoj. Sarah ekkomprenas, ke ĉi tiu problemo estas multe pli granda ol ili unue pensis.

Serĉante en la golfeto, ili trovas pli da objektoj, kiuj pruvas kontrabandadon. Unu el la kontrabandistoj mencias ŝipon, kiun ili uzas. Sarah rapide vokas por ke ŝipoj patrollu la maron proksime de Cornwall. Patroloŝipo rimarkas ŝipon, kiu aspektas suspekta. Ili rapide komencas sekvi ĝin.

La maro fariĝas furioza, kaj la ondoj estas grandaj. Estas malfacile vidi. En la sovaĝa ŝtormo, la ŝipo, kiun ili ĉasas, simple malaperas. La sekvan tagon, oni trovas mortintan personon sur la plaĝo. Sarah scias, ke ŝi devas eltrovi kiu estas la persono kaj kiel ili mortis. Ŝi komencas pensi, ke ĉi tiu morto estas ligita al la drogkontrabandistoj.

1. aĵoj - things, items
2. aspektas - looks, appears
3. ĉasas - chases
4. drogkontrabandistoj - drug smugglers
5. ekkomprenas - realizes, understands
6. eltrovi - to find out, to discover
7. fariĝas - becomes, gets
8. golfeton - small bay, cove
9. kaŝiĝas - hide, conceal themselves
10. kontrabandas - smuggles
11. kviete - quietly, silently
12. mallume - in the dark
13. mencias - mentions
14. patroloŝipo - patrol ship
15. rejdadas - patrolling, scouring

4. Malkovrante la Reton

Ili malkovras la identecon de la persono trovita sur la plaĝo. Ŝajnas, ke la mortinto havis ligojn al la kontrabandado. Ili malkovras magazenon, kiun la kontrabandistoj uzis. La policteamo planas kaj trarigardas ĉi tiun magazenon.

Interne, ili trovas multajn drogojn kaj danĝerajn armilojn. La homoj trovitaj ĉe la magazeno estas arestitaj de la polico. Sarah sidiĝas kun la novaj suspektatoj kaj faras multajn demandojn. Ili ekscias pri iu, kiu gvidas la kontrabandistan grupon.

La serĉo komenciĝas por trovi ĉi tiun gvidanton de la kontrabandistoj. Alia malgaja malkovro: dua korpo estas trovita proksime de la vilaĝo. Homoj en la vilaĝo komencas senti sin timigitaj kaj maltrankvilaj. La polico pliigas siajn patrolojn por konservi ĉiujn sekuraj.

Iun nokton, iu enrompas en la oficejon de Sarah. Gravaj dokumentoj kaj objektoj, kiujn Sarah trovis, nun mankas. Sarah scias, ke ŝi devas rapide solvi ĉi tiun kazon, antaŭ ol okazos pli malbonaj aferoj.

1. aĵoj - things, items
2. arestitaj - arrested
3. danĝerajn - dangerous
4. demandojn - questions
5. enrompas - breaks in
6. gvidas - leads
7. identecon - identity
8. konektojn - connections
9. kontrabandado - smuggling
10. korpo - body
11. magazeno - warehouse, storehouse
12. malkovras - discovers
13. maltrankvilaj - uneasy, anxious
14. mortinta - deceased, dead
15. patrolojn - patrols

5. La Ombro en la Vilaĝo

La polico nun patrolas la vilaĝon konstante. La loĝantoj sentas sin timigitaj pro tio, kio okazas. Sarah rimarkas novan personon en la vilaĝo. Ili aspektas suspektinde. Ŝi kviete sekvas ĉi tiun fremdulon por vidi, kion ili faras.

Nokte, la fremdulo renkontas iun alian en malluma loko. Sarah aŭskultas ilin. Ili planas vendi grandan kvanton da drogoj. Ŝi rapide vokas kaj petas pliajn policistojn veni kaj helpi. Ili komencas plani kiel haltigi ĉi tiun grandan drogvendon.

Ili prepariĝas kapti la kontrabandistojn dum la vendo. Estas malhela kaj kvieta nokto. Ili ĉiuj atendas la kontrabandistojn. La kontrabandistoj alvenas, kredante ke ili vendos siajn drogojn. Subite, la polico intervenas kaj diras, "Haltu! Polico!"

La kontrabandistoj provas kuri, sed la polico kaptas ilin. Sarah komencas demandi multajn demandojn al la kontrabandistoj. El tio, kion ili diras, ŝi ricevas indicon pri kiu estas ilia estro.

1. aŭskultas - listens
2. ĉirkaŭiras - goes around
3. demandojn - questions
4. drogojn - drugs
5. elŝiras - burst out, emerge suddenly
6. fremdulo - stranger
7. haltigi - to stop
8. indicon - evidence, clue
9. kaptas - captures, catches
10. kontrabandistoj - smugglers
11. kviete - quietly
12. malluma - dark
13. nekutime - unusually
14. policoj - police (plural)
15. vendi - to sell

6. Alproksimiĝante

La suno leviĝas, kaj Sarah sentas, ke hodiaŭ ili solvos la kazon. Ili uzas la indicojn por serĉi la gvidanton de la kontrabandistoj. Ili trovas lokon, kie ili kredas, ke la gvidanto kaŝiĝas.

Silente, ili proksimiĝas al la kaŝejo sen fari bruon. Ili eniras la kaŝejon, pretaj kapti la gvidanton. En malgranda ĉambro, ili trovas la personon respondecan pri la kontrabandado. La gvidanto estas ŝokita vidi la policon kaj provas forkuri.

Sarah postkuras la gvidanton, decidinta ne lasi ilin eskapi. Post rapida ĉasado, ŝi kaptas la gvidanton. La gvidanto rakontas, kiel ili administris la kontrabandadon. Ili esploras la kaŝejon kaj trovas multajn pruvojn pri la kontrabandado.

La loĝantoj de la vilaĝo sentas sin feliĉaj kaj sekuraj, kiam ili aŭdas la novaĵon. Ĉiuj diras, ke Sarah estas heroo pro kaptado de la kontrabandistoj. Sarah pensas pri la solvo de la kazo kaj sentas sin fiera. Post ĉiuj la malfacilaj laboroj, Sarah finfine povas ripozi. Ŝi estas tre laca.

1. aŭdas - hears
2. ĉambro - room
3. ĉaso - chase
4. decidinte - having decided
5. eskapo - escape
6. fari sonon - make a sound
7. feliĉaj - happy
8. fieraj - proud
9. forkuri - to run away
10. gvidanto - leader
11. kaŝejo - hideout
12. kontrabandado - smuggling
13. laca - tired
14. proksimiĝas - approaches
15. pruvoj - proofs, evidence

7. Nova Ĉapitro

La vilaĝo estas denove trankvila, same kiel antaŭe. Sarah rigardas sian teamon, sentante sin vere fiera pri tio, kion ili atingis. Homoj en la vilaĝo alproksimiĝas al Sarah. "Dankon," ili diras, ridetante.

Sarah iras al siaj ĉefoj kaj rakontas al ili pri la kazo. Ŝiaj ĉefoj estas vere kontentaj. "Bonega laboro, Sarah," ili diras. Sidante ĉe sia skribotablo, Sarah pensas pri tio, kion ŝi volas fari poste.

La polico aranĝas malgrandan feston. Ili ridas kaj rememoras la kazon. Sarah sidas kviete, pripensante ĉion, kio okazis. De ĉi tiu kazo, Sarah multe lernis. Tiam nova dosiero aperas sur ŝia skribotablo. Estas nova mistero.

Sarah sentas sin ekscitita. Ŝi amas solvi kazojn. Ŝi komencas legi la dosieron, pretiĝante por ĉi tiu nova defio. Sarah estas vere decidema. Ŝi volas solvi pli da kazoj. Ŝi ridetas, pensante pri ĉiuj aventuroj, kiuj atendas ŝin.

Sarah surmetas sian mantelon. Ŝi estas preta komenci ĉi tiun novan aventuron.

1. alproksimiĝas - approaches
2. antaŭe - before
3. aventuroj - adventures
4. decidema - determined, decisive
5. dosieron - file, dossier
6. ekscitita - excited
7. estroj - bosses, superiors
8. festa - party, celebration
9. fiera - proud
10. kazojn - cases
11. kviete - quietly
12. laboro - work, job
13. pensas - thinks
14. pripensante - reflecting, contemplating
15. surteriĝas - lands, settles

Banditoj en la Altebenaĵo

1. La Altebenaĵaj Raboj

En la Skotaj Altebenaĵoj, la montoj estas belaj kaj sovaĝaj. Ĝi estas loko, kie la naturo regas. Sed lastatempe, migrantoj venas al la polico kun zorgigaj rakontoj. Ili estas rabataj dum marŝado en ĉi tiuj belaj montetoj. Detektivo MacLeod, konata pro sia lerteco kaj akreco, estas asignita al la kazo. Li komencas paroli kun la migrantoj, kiuj estis rabitaj. Ili rakontas al li siajn spertojn, timigitaj sed esperantaj je helpo.

Dum MacLeod aŭskultas, li rimarkas ion. Ĉiuj ĉi tiuj raboj okazas en la sama areo. Estas skemo, kaj li rapide rekonas ĝin. Kun ĉi tiu informo, MacLeod komencas plani. Li volas kapti ĉi tiujn banditojn kaj haltigi la rabojn.

Li kolektas teamon de policanoj. Ili ĉiuj estas pretaj helpi kaj kapti ĉi tiujn krimulojn. MacLeod elpensas lertan ideon. Ili ŝajnigos esti migrantoj. Ĝi estas la perfekta maniero allogi la banditojn.

Do, la unuan tagon, ili komencas sian patrolon. Ili marŝas laŭ la padoj, ŝajnigante esti nur ordinaraj migrantoj. Sed iliaj okuloj ĉiam atentas, serĉante danĝeron. La padoj estas trankvilaj. Nenio okazas en ilia unua tago ekstere. Sed ili ne rezignas.

Kiam nokto falas, ili starigas sian tendaron en la montoj. Estas malvarme kaj mallume, sed ili estas pretaj por ĉio. MacLeod gardas nokte. La aliaj dormas, dum li rigardas en la mallumon.

Tiam, malfrue nokte, estas bruo. Ĝi sonas suspekta, kaj MacLeod tuj estas atentema. Ili komencas postkuri la figuron, kiun ili vidas en la mallumo. Ĝi estas timiga ĉaso, kun ombroj kaj sonoj ĉirkaŭ ili.

Sed tiam, subite, ili perdas la spuron. La figuro, kiun ili ĉasis, simple malaperas en la nokto, kiel fantomo. Ili revenas al sia tendaro, seniluziigitaj sed ne venkitaj. MacLeod scias, ke ili estas proksimaj al la kaptado de ĉi tiuj banditoj.

1. akreco - sharpness, acuteness
2. allogi - to attract, allure
3. asignita - assigned
4. banditojn - bandits
5. bruo - noise
6. ĉasis - chased
7. ĉaso - chase
8. gardas - guards, watches
9. lerteco - skill, cleverness
10. malkontentaj - dissatisfied, unhappy
11. malluma - dark
12. migrantoj - travelers, hikers
13. patrolon - patrol
14. pretendos - will pretend
15. skemo - scheme, pattern

2. La Kaŝita Tendaro

Kiam la suno leviĝas super la Skotaj Altebenaĵoj, Detektivo MacLeod kaj lia teamo jam estas maldormaj. Ili estas deciditaj trovi indicojn pri la banditoj. Ili komencas serĉi ĉirkaŭ la areo, kie la raboj okazis. Estas trankvile, nur la sono de la vento kaj birdoj.

Subite, unu el ili rimarkas padon, kaŝitan sub densaj arbustoj. MacLeod pensas, ke ĉi tio povus esti grava. Ili sekvas la kaŝitan padon, marŝante singarde. Ĝi tordiĝas kaj turniĝas, kondukante ilin pli profunde en la sovaĝajn montojn.

Post iom da tempo, ili trovas ion—tendaron, kaŝitan for. MacLeod suspektas, ke ĝi povus esti la tendaro de la banditoj. En la tendaro, ili trovas objektojn ŝtelitajn de migrantoj. Ĝi estas klara pruvo. La banditoj estis ĉi tie.

MacLeod decidas, ke ili devas observi ĉi tiun tendaron. Ili starigas lokon por kaŝi sin kaj observi ĝin. Ili atendas dum horoj. Estas malvarme, kaj ili restas silentaj, atente observante kaj atendante.

Tiam, malfrue nokte, ili vidas homojn alvenantajn al la tendaro. Ĉi tiuj devas esti la banditoj. El sia kaŝejo, ili observas la banditojn. Ili parolas kaj ridas, ne konsciaj, ke ili estas observataj.

MacLeod flustras al sia teamo kaj faras planon por kapti ilin. Sed tiam, unu el la banditoj ekrigardas ĉirkaŭe. Li rimarkis ion. MacLeod scias, ke ili devas agi rapide. Li signalas al sia teamo.

Ili rapide moviĝas kaj kaptas la banditojn per surprizo. Ili ĉiuj estas kaptitaj en la tendaro. MacLeod komencas demandi la banditojn, volonte ekscii ĉion pri iliaj raboj.

Ĝi estas granda momento. Ili kaptis la banditojn kaj solvis la misteron de la Altebenaĵaj raboj.

1. aĵojn - things, items
2. arbustoj - bushes
3. deciditaj - determined
4. flustras - whispers
5. kaŝejo - hiding place
6. kaŝita - hidden
7. kaŝitan padon - hidden path
8. kaptitaj - caught, captured
9. maldormaj - awake
10. moviĝas - moves
11. observi - to observe, watch
12. padon - path
13. parolas - talks, speaks
14. rimarkas - notices
15. singarde - carefully

3. La Vojo de la Estro

La banditoj nun estas enkarcerigitaj ĉe la policstacio. Sed MacLeod scias, ke la laboro ankoraŭ ne estas finita. Ekstere ankoraŭ estas gvidanto—Nigra Johano. Ili komencas revizii tion, kion la banditoj rakontis al ili. Inter ĉiuj nomoj, unu elstaras: Nigra Johano.

MacLeod kaj lia teamo decidas trovi ĉi tiun Nigran Johanon. Ili komencas demandi homojn en la proksimaj vilaĝoj. En la vilaĝoj, homoj konas Nigran Johanon, sed ili timas kaj diras malmulte.

Tiam, mistera konsileto alvenas, indikante kie Nigra Johano povus esti. MacLeod kolektas sian teamon, kaj ili direktiĝas al nova parto de la altebenaĵoj. Tie, la tereno estas malglata kaj sovaĝa.

La teamo starigas kaŝitan postenon en ĉi tiu nova areo. Ili restas trankvilaj, atentaj je ajna signo de Nigra Johano. Subite, ili rimarkas figuron moviĝantan en la distanco. Ĉu povus esti li?

Ili komencas malfacilan ĉason. La figuro rapide moviĝas super rokoj kaj montetoj. Malfacilas sekvi lin. Sed tiam, la figuro, kiun ili suspektas esti Nigra Johano, sukcesas eskapi. Li estas rapida kaj konas la terenon.

Rekunveninte, MacLeod kaj lia teamo planas sian sekvan movon. Ili estas deciditaj kapti Nigran Johanon.

1. areo - area
2. deciditaj - determined
3. ekstere - outside
4. enfermitaj - locked up, confined
5. eskapi - to escape
6. estas - is, are
7. figuro - figure
8. gvidanto - leader
9. konsileto - tip, piece of advice
10. malglata - rough
11. malfacilan ĉason - difficult chase
12. montetoj - hills
13. observadon - observation
14. revizii - to review, to go over
15. sovaĝa - wild

4. La Vilaĝa Konekto

MacLeod kaj lia teamo iras al vilaĝo proksime al kie ili laste vidis Nigran Johanon. Ĝi estas trankvila loko, kaŝita inter la altebenaĵoj. Ili komencas paroli kun la vilaĝanoj, demandante pri Nigra Johano. Sed homoj timas kaj diras malmulte.

Tiam, MacLeod renkontas malnovan amikon, kiu loĝas en la vilaĝo. Ĉi tiu amiko scias multe pri tio, kio okazas ĉirkaŭe. La amiko donas al MacLeod gravan konsilon: baldaŭ okazos sekreta kunveno, kaj Nigra Johano estos tie.

MacLeod kaj lia teamo decidas iri inkognite. Ili miksiĝas kun la aliaj vilaĝanoj, observante la kunvenon el kaŝita loko. Tie, ili finfine vidas Nigran Johanon inter la grupo.

Post kiam la kunveno finiĝas, ili diskrete sekvas lin. Ili devas esti singardaj. Sed subite, Nigra Johano komencas kuri—li vidis ilin!

Ili postkuras lin tra la mallarĝaj stratoj de la vilaĝo. Ĝi estas rapida kaj streĉa persekuto. Fine, ili enanguligas Nigran Johanon en malvasta strateto. Nun li ne havas elirejon.

Ili rapide moviĝas kaj arestas lin. La longa ĉaso finfine finiĝas. La vilaĝo sentas ondon de malstreĉiĝo. Kun la kaptado de Nigra Johano, ili povas senti sin sekuraj denove.

1. aresto - arrest
2. ĉaso - chase
3. decidiga - decisive
4. diskrete - discreetly
5. elirejo - exit, way out
6. enkaviĝinta - nestled, tucked away
7. enanguligas - corner, trap
8. kaptado - capture
9. konsileto - tip, piece of advice
10. kunveno - meeting
11. mallarĝaj - narrow
12. malstreĉiĝo - relaxation, relief

13. miksiĝas - blend in, mingle
14. persekuto - pursuit
15. sekreta – secret

5. Malkovrante la Motivon

MacLeod sidas kun Nigra Johano por enketado. Estas tempo ricevi kelkajn respondojn. Nigra Johano komencas paroli, malkaŝante kial li turnis sin al rabado. Lia rakonto temas pri malfacilaĵoj kaj malespero.

MacLeod aŭskultas kaj konektas ĉiujn partojn de la kazo. Ĝi estas kompleksa puzlo, kiu nun komencas kunmetiĝi. Ili ekkomprenas, ke la problemo estas pli granda ol nur kelkaj raboj; ĝi estas pri la bataloj en la altebenaĵoj.

MacLeod raportas siajn trovojn al siaj superuloj. Estas grave kompreni la tutan situacion. Ili komencas plani por la estonteco: kiel ili povas preventi, ke ĉi tiuj krimoj okazu denove?

MacLeod decidas okazigi komunuman kunvenon en la vilaĝo. Gravas impliki la lokanojn. Dum la kunveno, li laboras por konstrui fidon. La vilaĝanoj devas senti, ke ili povas fidi la policon.

Ili starigas regulajn patrolojn en la altebenaĵoj, kiel paŝon al certigado de sekureco. MacLeod kaj lia teamo komencas trejni iujn lokanojn, por ke ili povu helpi kun la patrolado.

La vilaĝo komencas senti esperon. Kun ĉi tiuj novaj mezuroj, pli sekura estonteco ŝajnas ebla. Por festi la novtrovitan pacon, la vilaĝo organizas feston. Ĝi estas ĝoja okazo.

MacLeod pripensas la kazon. Li sentas sin fiera pri tio, kion ili atingis. Rigardante antaŭen, li estas preta helpi plue. La altebenaĵoj estas iom pli sekuraj nun, dank' al iliaj penoj.

1. al - to, towards
2. atingis - achieved
3. bataloj - battles, struggles
4. dank' al - thanks to

5. enketado - investigation
6. esperon - hope
7. feston - celebration, party
8. fido - trust, confidence
9. kompreni - to understand
10. kunmetiĝas - comes together
11. lokanojn - locals, residents
12. malkaŝas - reveals, discloses
13. malfacilaĵoj - difficulties
14. mezuroj - measures
15. patrolon - patrol

6. Novaj Defioj

La vivo en la altebenaĵoj revenas al normalo, sed ĉiam estas pli por fari. MacLeod ricevas novan raporton pri alia problemo en la areo. Li komencas esplori ĉi tiun novan aferon. Estas tempo esplori pli profunde.

Dum li esploras la montojn, MacLeod malkovras novajn padojn. Ĉi tiuj vojoj malkaŝas pli pri la altebenaĵoj. Li renkontas novajn vizaĝojn; homoj loĝantaj en malproksimaj lokoj havas siajn proprajn rakontojn.

Kompreni la teron estas ŝlosilo. MacLeod lernas pri la altebenaĵoj kaj ĝiaj homoj. Konstruado de rilatoj fariĝas lia ĉefa fokuso. Li konektiĝas kun vilaĝanoj en malproksimaj areoj.

MacLeod elpensas novan planon. Ĉi tiu defio bezonas freŝan aliron. Laborante proksime kun sia teamo kaj la lokanoj, ili kune alfrontas la problemon. Ili alfrontas novajn defiojn kaj sukcesas venki ilin. Ĝi ne estas facila, sed ili sukcesas.

Sukceso venas en malgrandaj paŝoj. Ĉiu eta progreso gravas. La lokanoj komencas pli aprezi la policon. Iliaj penoj faras diferencon. Fine de la tago, MacLeod sentas sin kontenta. Ili faris bonan laboron.

Li ripozas kaj pripensas la tagon. Pensante pri la estonteco, li scias, ke estas pli por veni.

1. alfrontas - confronts, faces
2. aliron - approach, way in
3. aprezi - appreciate, value
4. areoj - areas, zones
5. defioj - challenges, difficulties
6. elpensas - devises, comes up with
7. esplorante - exploring, investigating
8. estonteco - future
9. fariĝas - becomes, turns into
10. kompreni - to understand
11. konektiĝas - connects, links up
12. kontenta - content, satisfied
13. lokanoj - locals, residents
14. pripensas - reflects, thinks about
15. rilatoj - relationships, connections

7. Pli Brila Estonteco

La altebenaĵoj ŝanĝiĝas. Ili fariĝas pli sekura loko por vivi kaj viziti. Novaj planoj estas farataj, kiuj helpos la areon eĉ pli. La lokanoj engaĝiĝas kaj partoprenas en gardado de sia komunumo.

Pozitivaj ŝanĝoj okazas en la vilaĝoj, kaj ĉiuj povas vidi tion. MacLeod sentas sin bone pri ĉio ĉi. Li estas fiera de la laboro, kiun ili faris. La vilaĝo estas dankema kaj vere aprezas MacLeod kaj lian teamon.

Por MacLeod, ĝi estis rekompencoplena sperto. Li scias, ke ili faris diferencon. Li jam planas pliajn aferojn, ĉar estas tiom pli, kion ili povas fari por la altebenaĵoj. Lia teamo estas dediĉita kaj engaĝita por helpi la areon.

Ili festas la pacon en la altebenaĵoj, granda atingo por ĉiuj. MacLeod antaŭĝojas la estontecon. Li vidas brilajn aferojn antaŭe. La laboro ne haltas; li daŭre enmetas penon ĉiutage.

Li sentas profundan sencon de atingo. Ĝi estis malfacila vojaĝo, sed inda. MacLeod estas preta por ĉio. Kiaj ajn novaj defioj alvenos, li frontos ilin. Estas nova espero por la altebenaĵoj. Pli sekura, pli brila estonteco estas ĉe la horizonto.

1. afaferojn - things, matters
2. antaŭĝojas - looks forward to
3. atingo - achievement, accomplishment
4. brila - bright, brilliant
5. dankema - grateful, thankful
6. dediĉita - dedicated, committed
7. engaĝiĝas - engages, involves oneself
8. estonteco - future
9. fariĝas - becomes, turns into
10. feliĉa - happy, pleased
11. frontos - will face, confront
12. gardado - guarding, keeping safe
13. ind - worthy, deserving
14. rekompencoplena - rewarding, fulfilling
15. sekura - safe, secure

La Neregulaj Enmigrintoj

1. La Tragika Malkovro

En antaŭurbo de Londono, plena de vivo, ŝoka malkovro perturbas la kutiman trankvilon. Sur normale kvieta strato, granda kamiono staras forlasita. Interne, terura sceno malkaŝiĝas: 20 homoj estas trovitaj mortintaj. La novaĵo sendas ondojn de ŝoko kaj malĝojo tra la komunumo.

Urĝaj servoj, inkluzive de polico kaj ambulancoj, rapidas al la sceno, iliaj sirenoj traborante la solemecan aeron. Detektivo Harper, konata pro sia kapablo kaj decidiĝo, prenas la gvidadon de la enketo. Li rapide konscias pri la graveco de la situacio – la viktimoj estas neregulaj enmigrintoj, kiuj tragike sufokiĝis.

Harper kaj lia teamo zorge serĉas la kamionon por pruvojn. Ĉiu indico, kiun ili malkovras, aldonas al la komplekseco de la kazo. Dum paroladoj kun la lokanoj, ili provas rekonstrui la eventojn antaŭ la tragedio. Ŝajne neniu rimarkis ion nekutiman, sed Harper scias, ke eĉ la plej malgranda detalo povus esti la ŝlosilo por solvi ĉi tiun kazon.

Ili kontrolas CCTV-filmaĵojn el la areo, esperante kapti bildon de tiu, kiu povus esti respondeca. Dum la serĉado, la teamo de Harper trovas malgrandan, sed eble signifan noton ene de la kamiono. Ĉi tiu malkovro kondukas Harperon al la suspekto, ke krima bando estas malantaŭ ĉi tiu tragika okazaĵo.

Decidita alporti la kulpulojn al justeco, Harper komencas plani la enketon. La novaĵo pri la tragedio disvastiĝas, kaj la zorgo de la publiko kreskas. La kazo ne estas nur puzlo por solvi, sed kruda memorigilo pri la danĝeroj, kiujn alfrontas tiuj, kiuj estas sufiĉe malesperaj por riski ĉion por ŝanco je pli bona vivo.

Kun rezoluta rigardo en siaj okuloj, Harper ĵuras trovi la bandon respondecan pri ĉi tiu krima ago. La vojo antaŭ li estos defia, sed Harper estas firme decidita serĉi justicon por la perditaj animoj, kiuj renkontis sian antaŭtempan finon en la malantaŭo de tiu kamiono en kvieta Londona antaŭurbo.

1. antaŭtempan - premature
2. antaŭurbo - suburb
3. decidiĝo - determination, decisiveness
4. disvastiĝas - spreads, disseminates
5. engaĝiĝo - commitment, dedication
6. enketo - investigation, inquiry
7. kamiono - truck
8. kapablo - ability, skill
9. koraĉiga - heartbreaking, harrowing
10. krima - criminal
11. malkovro - discovery
12. malĝojo - sorrow, sadness
13. mortintaj - deceased, dead
14. neregulaj enmigrintoj - irregular immigrants
15. rekompencoplena - rewarding, fulfilling

2. La Unua Spuro

Reen ĉe la policejo, Detektivo Harper kaj lia teamo diligente kolektas informojn. Ili fokusiĝas sur la malgranda noto trovita en la kamiono. Ĝi estas esenca indico, enhavanta telefonnumeron. La teamo rapide laboras por trovi, al kiu apartenas la numero.

La numero kondukas ilin al viro nomata Alex. Harper, kun sia teamo, trovas Alex kaj komencas enketi lin. Sed Alex estas evitema. Li insistegas, ke li scias nenion pri la tragedio aŭ la kamiono. Harper, tamen, ne estas konvinkita. Li ordonas serĉon en la domo de Alex.

Dum la serĉo, ili trovas mapon kun specife markitaj areoj kaj kelkajn telefonajn registrojn. Ĉi tiuj novaj indicoj aludas al multe pli granda operacio. Harper ekkomprenas, ke ĉi tiu kazo fariĝas pli kompleksa kaj malfacila dum ĉiu minuto. Li decidas alporti novan teamanon, oficiron kun sperto en tiaj kazoj.

Ili komencas observi la areojn markitajn sur la mapo. Harper scias, ke ili devas agi rapide. Li planas noktan operacion, esperante kapti la grupon respondecan en ago. Kiam nokto falas, la streĉo inter la teamo estas palpebla. Ili estas sur la rando, konsciaj pri la graveco de tio, kion ili povus malkovri.

Tiam, en la mallumo de la nokto, ili rimarkas grupon renkontiĝantan en unu el la markitaj areoj. Harper sentas, ke ĉi tio povus esti la ŝanco, kiun ili bezonas. Farante rapidan decidon, li signalas al sia teamo singarde alproksimiĝi al la grupo.

Harper komprenas la riskojn implikitajn, sed li estas decidita malkovri la veron. Ĉiu paŝo, kiun ili faras, alproksimigas ilin al la solvo de la mistero malantaŭ la tragika malkovro en la kamiono. La nokta operacio eble estas la ŝlosilo por malfermi la tutan kazon.

1. alproksimiĝi - to approach, get close
2. areojn - areas
3. decidita - determined
4. decidon - decision
5. diligente - diligently, carefully
6. enketo - investigation
7. evitema - evasive, elusive
8. fariĝas - becomes, turns into
9. implikitajn - involved, implicated
10. insistemas - insists, claims
11. kamiono - truck
12. kompleksa - complex
13. konscias - aware, conscious
14. malkovri - to uncover, reveal
15. mistero - mystery

3. La Sekreta Magazeno

Harper kaj lia teamo, post observado de la grupo, rapide komencas persekuton. La ĉaso kondukas ilin al granda, malnova magazeno. Ene, la magazeno estas vasta, plena de senkalkulaj skatoloj kaj kestoj. En ŝoka malkovro, ili trovas pli da homoj, neregulaj enmigrintoj, kaŝiĝantaj inter la skatoloj. Ĉi tiuj homoj estas timigitaj kaj en malbona stato.

La teamo tuj reagas, savante la enmigrintojn el iliaj kaŝlokoj kaj certigante ilian sekurecon. Kelkaj individuoj trovataj en la magazeno, kiuj ŝajnas esti parto de la kontrabanda operacio, estas arestitaj surloke.

Reveninte al la policejo, Harper enketas la arestitajn individuojn. Tra ĉi tiuj enketoj, ili malkovras la ekziston de multe pli granda kontrabanda reto, multe pli granda kaj organizita ol ili unue pensis.

Harper konscias, ke ili bezonas novan planon por trakti ĉi tiun vastan reton. Dum serĉado en la magazeno, ili trovas dokumentojn, kiuj povus konduki ilin al la gvidantoj de ĉi tiu krima operacio. Ĉi tiuj dokumentoj estas vera trezoro de informoj, kaj Harper scias, ke ili atingis decidan punkton en la enketo.

En kuraĝa kaj riska movo, Harper decidas iri subkove. Li scias, ke ĉi tio eble estas ilia sola ŝanco enfiltri la reton kaj trovi la gvidantojn. Pripensante kiel miksiĝi kun la krimaj elementoj, li preparas sin por eniri la danĝeran mondon de la kontrabandistoj.

Fortuno favoras ilin kiam ili trovas informanton ene de la reto. Ĉi tiu persono, seniluziigita de la kontrabanda operacio, konsentas paroli kaj provizas Harperon per valora informo. Ĉi tiu informo povus konduki ilin rekte al la pinto de la kontrabanda ĉeno.

Kun ĉi tiu nova informo, Harper kaj lia teamo prepariĝas por sia sekva granda paŝo. Tempo estas esenca, kaj ili scias, ke ili devas agi rapide kaj decideme. Dum ili pretiĝas, regas sento de urĝeco inter la teamo. Ili estas en vetkuro kontraŭ tempo por malfunkciigi la kontrabandan reton kaj alporti ĝiajn gvidantojn al justeco. La riskoj estas altaj, sed Harper estas decidita fini ĉi tiun aferon.

1. arestitajn - arrested
2. ĉaso - chase
3. decidema - determined
4. enketoj - inquiries, investigations
5. enmigrintoj - immigrants
6. enfiltri - to infiltrate
7. gvidantojn - leaders
8. inteligenteco - intelligence, information
9. kamiono - truck

10. kontrabanda - smuggling, contraband
11. magazeno - warehouse
12. malkovro - discovery
13. miksiĝi - to blend, mingle
14. sekura - safe, secure
15. subkovera - undercover

4. La Subkovera Operacio

Harper, diskrete vestita, miksiĝas en malbonfama areo konata pro suspektindaj aktivecoj. Li konservas malaltan profilon, atente observante la venojn kaj forirojn. Kaŝite en la ombroj, li rimarkas sekretan kunvenon okazantan. Li proksimiĝas, kolektante kritikajn informojn pri la planoj de la grupo.

Dum sia subkovera misio, Harper alfrontas momenton de danĝero kiam li preskaŭ estas malkovrita. Sed per rapida pensado, li sukcesas eviti detekton. Reveninte sekure, li informas sian teamon pri la valora informo, kiun li kolektis.

Unu grava informo kondukas ilin al la loko de la bandoestroj. La teamo rapide kunvenas, planante strategian rejdadon kontraŭ ĉi tiu grava loko. La nokto antaŭ la rejdado, streĉo pezas en la aero, ĉiuj konsciaj pri la altaj riskoj de la operacio.

Kiam la tagiĝo rompiĝas, la teamo ekmoviĝas. La rejdado estas rapida kaj bone koordinata. Ili sukcese arestas la bandoestrojn, signifa venko en ilia batalo kontraŭ la kontrabanda reto. Ĉe la stacio, la estroj estas enketitaj, kaj Harper lerte konektas ĉiujn pecojn de la puzlo.

Kun la estroj en prizorgo, kolektiva elspiro de malstreĉiĝo trairas la teamon. Ili faligis signifan parton de la reto. La escepta laboro de Harper estas rekonita kaj laŭdita. Li sentas profundan sencon de plenumo, sciante ke liaj klopodoj havis signifan efikon.

1. arestitaj - arrested
2. bandoestroj - gang leaders
3. batalo - battle, fight

4. diskrete - discreetly
5. eliro - exit
6. enketitaj - interrogated, questioned
7. escepta - exceptional
8. estas - are, is
9. inteligentecon - intelligence, information
10. kontrabanda - smuggling, contraband
11. lerte - skillfully, cleverly
12. malstreĉiĝo - relaxation
13. miksiĝas - mingles, blends
14. plenumo - fulfillment, accomplishment
15. rejdado - raid

5. Justeco Servita

La tago de la kortuma proceso alvenas, kaj la bandoestroj estas kondukitaj antaŭ la juĝiston. Harper, kun sia teamo, prezentas ĉiujn kolektitajn pruvojn, montrante la amplekson de la kontrabanda reto. La kortumsalono atente aŭskultas dum la pruvoj estas malkaŝitaj.

La verdikto estas donita: kulpaj. La bandoestroj estas trovitaj kulpaj pri ĉiuj akuzoj. La juĝisto kondamnas ilin al longaj prizontempoj, certigante ke ili ne plu damaĝos aliajn dum longa tempo. Ekstere de la kortumo, la publiko esprimas sian malstreĉiĝon kaj dankemon. Novaĵreportistoj raportas pri la sukceso de la kazo.

La atento turniĝas al la viktimoj, la neregulaj enmigrintoj. Klopodoj estas farataj por helpi ilin, provizante subtenon kaj zorgon. Harper pripensas la kazon, rememorigante la defiojn kaj kion li lernis. Li parolas kun sia teamo, diskutante kiel ili povas plibonigi siajn estontajn operaciojn.

Harper kaj lia teamo ricevas rekonon por ilia malfacila laboro kaj dediĉo. Estas sento de plenumo inter ili. Ili organizas malgrandan feston, dividas rakontojn kaj ĝuas la senton de bone farita laboro.

Post la festado, Harper prenas iom da tempo por ripozi, pripensante la efikon de la kazo. Li sentas renovigitan sencon de celo kaj pretigeco por novaj defioj. Rigardante al la estonteco, li estas optimisma pri fari pli pozitivajn ŝanĝojn. Dum li preparas por la sekva kazo, Harper sentas sin preta kaj decidema alfronti ĉion, kio venos.

1. alfronti - to confront, face
2. amplekson - scope, extent
3. damaĝos - will harm, damage
4. decidema - determined, resolute
5. dediĉo - dedication, commitment
6. efiko - effect, impact
7. festadoj - celebrations
8. juĝisto - judge
9. kondamnas - condemns, sentences
10. kortuma - court, judicial
11. kulpaj - guilty
12. malstreĉiĝon - relaxation, relief
13. neregulaj enmigrintoj - irregular immigrants
14. optimisma - optimistic
15. pruvojn - proofs, evidence

La Al Gaga Teroratako

1. La Minaco Aperas

En pacema urbo en la UK, kun siaj okupataj stratoj kaj verdaj parkoj, maltrankviliga mesaĝo atingas la policon. Informo pri planita atako fare de la notora grupo Al Gaga sendas ondon de zorgo tra la departemento. Asignita gvidi la enketon, Detektivo Smith, konata pro sia akra menso kaj atento al detaloj, tuj ekagas.

Smith rapide kolektas sian teamon por urĝa kunveno. Ili amasiĝas ĉirkaŭ tablo, zorge esplorante la detalojn de la averto. La etoso estas streĉa dum ili analizas ĉiun vorton, ĉiun eblan signifon. Protekti la publikon estas ilia ĉefa prioritato, kaj ili scias, ke ili devas rapide agi.

La teamo disiĝas por serĉi indicojn, trarigardante ĉiun peceton de informo, kiun ili havas pri Al Gaga. Smith, kun sia akra okulo, gvidas parton de la teamo por intervjuvi informantojn – homojn, kiuj eble aŭdis murmurojn pri la agadoj de la grupo.

Iom da progreso venas kiam ili ekscias pri suspektinda domo, kiu povus esti konektita kun Al Gaga. Kiam nokto falas, Smith kaj lia teamo establas sekretan observadon, observante la domon el distanco. La kvieto de la nokto estas rompita per la subita apero de figuro eliranta la domon. Sen hezito, Smith signalas al sia teamo, kaj ili lanĉas rapidan, diskretan persekuton.

La ĉaso kondukas ilin tra malhele lumigitaj stratoj, sed en neatendita turno, la figuro malaperas en la nokto, lasante Smith kaj lian teamon batali kun kreskanta streĉo. La minaco estas reala, kaj la tempo malpliiĝas. Dum ili regrupiĝas, la decidemo de Smith estas klara – ili devas trovi la celon antaŭ ol ĝi estas tro malfrue.

1. amasiĝas - gather, assemble
2. apero - appearance, emergence
3. atako - attack
4. averto - warning, alert
5. batali - to fight, to struggle
6. decidemo - determination, resolve

7. diskreta - discreet, unobtrusive
8. enketo - investigation, inquiry
9. figuro - figure, person
10. informantojn - informants
11. lanĉas - launches, initiates
12. malpliiĝas - decreases, dwindles
13. minaco - threat, menace
14. observadon - observation, surveillance
15. persekuto - pursuit, chase

2. La Kaŝita Bazo

Dum la suno leviĝas super la urbo, Detektivo Smith kolektas sian teamon por frua matena informkunveno. Li ĝisdatigas ilin pri la persekuto de la antaŭa nokto kaj la urĝa bezono enketi la domon, kiun ili observis. La teamo kapjesas, komprenante la gravecon de la situacio.

Silente, ili alproksimiĝas al la domo, moviĝante kun singardemo kaj precizeco. Ili eniras, trovante sin en labirinto de malhele lumigitaj ĉambroj. Dum ili serĉas, ili trovas aron da mapoj kaj dokumentoj, kiuj ŝajnas esti esencaj por la planoj de Al Gaga.

Reveninte al la stacio, la teamo diligente laboras por deĉifri la dokumentojn. La paperoj malkaŝas eblajn celojn, pentrante maltrankviligan bildon de tio, kio povus esti planita. La ekkompreno forte frapas ilin – la atako povus esti tuja.

Sen tempo por perdi, Smith ordonas tujan pliigon de sekureco ĉirkaŭ la identigitaj eblaj celoj. La polico rapide mobiliziĝas, kaj ilia ĉeesto en la urbo videble pliiĝas.

Dume, nova informo kondukas ilin al dua domo, eble ligita al la sama grupo. Alia observado estas starigita, kaj dum ili observas, grupo da homoj kolektiĝas ĉe la domo. Uzante sofistikajn aŭskultilojn, Smith kaj lia teamo sukcesas aŭdi konversacion, kiu donas pli da lumo pri la atakplano.

Dum ili kolektas pli da indicoj, la pecoj de la puzlo komencas kunmetiĝi. Sed la operacio prenas riskan turnon kiam Smith preskaŭ estas vidata de unu el la grupanoj. Kun bategantaj koroj, ili rapide reiras al la stacio, sciante ke ili alproksimiĝas al malhelpado de ebla tragedio.

Reveninte al la stacio, la atmosfero estas streĉa sed koncentrita. Smith, kun decidema rigardo en siaj okuloj, komencas prepari sian teamon por tio, kio povus esti decida konfrontiĝo. La sekureco de la urbo pendolas en la ekvilibro, kaj ili scias, ke ili devas agi rapide kaj decideme.

1. aŭskultajn - listening
2. bategantaj - pounding, beating
3. celojn - targets, objectives
4. deĉifri - to decipher, decode
5. decidema - determined, decisive
6. ekkompreno - realization, understanding
7. enigiĝi - to fit together, come together
8. grupo - group, team
9. ĝisdatigas - updates, informs
10. iminenta - imminent, impending
11. informkunveno - briefing, informational meeting
12. konfrontiĝo - confrontation, clash
13. kunvenas - convenes, gathers
14. labirinto - labyrinth, maze
15. maltrankviliga - unsettling, disturbing

3. La Vetkuro Kontraŭ Tempo

Dum la tagiĝo rompiĝas, Detektivo Smith kaj lia teamo ekiras, deciditaj kaj fokusitaj. Ili tuj komencas sekvi la spurojn el la informoj, kiujn ili kolektis, sciante ke ĉiu sekundo gravas.

Dum patrolo proksime al la dua domo, ili rimarkas suspektan furgoneton haste forlasantan la areon. Sen hezito, Smith signalas por persekuto. La teamo sekvas la furgoneton ĉe alta rapideco, manovrante tra la frumatena trafiko de la urbo.

Post streĉa ĉaso, ili sukcesas haltigi la furgoneton. Ili rapide ĉirkaŭas ĝin, iliaj koroj batante pro anticipado. Zorgema serĉo de la veturilo malkaŝas kaŝejon de ekipaĵo, levante pli da demandoj ol respondoj.

Smith arestas la ŝoforon kaj komencas intensan enketadon. Sub premo, la ŝoforo aludas popularan publikan lokon kiel eblan celon. La instinktoj de Smith ekfunkcias; li tuj informas aliajn agentejojn kaj kunordigas kun ili por sekurigi la areon.

La polico moviĝas rapide, barante la suspektatan celon. Teamoj metie serĉas ajnajn eksplodajn aparatojn, ĉiu movo estas pripensita kaj singarda. La streĉo en la aero estas palpebla dum ili atendas, esperante ke iliaj agoj ne estas tro malfruaj.

Post agoniganta periodo de necerteco, ili ekkomprenas, ke ĝi estis falsa alarmo. Malstreĉiĝo falas super ili, sed ĝi estas mallonga. Ili scias, ke la reala minaco ankoraŭ ekzistas.

Malĝojo, sed ne venkita, ili revenas al la stacio. La nokto estas longa kaj la teamo estas elĉerpita, sed ilia determino ne malfortiĝas. Ĝuste kiam la nokto ŝajnas senfina, nova informo alvenas, rebruligante ilian esperon. Kun renovigita energio, Smith kaj lia teamo preparigas sekvi ĉi tiun novan spuron, sciante ke tempo estas esenca por malhelpi katastrofon.

1. agoniganta - agonizing, tormenting
2. antaŭĝojo - anticipation, expectation
3. barante - barricading, blocking
4. deciditaj - determined, resolute
5. ekfunkcias - kicks in, starts working
6. eksplodajn aparatojn - explosive devices
7. elĉerpita - exhausted, depleted
8. enketadon - interrogation, investigation
9. falsa alarmo - false alarm
10. kaŝejon - cache, hidden storage
11. kondukilojn - leads, clues
12. malĝojigitaj - disheartened, saddened
13. meticeme - meticulously, carefully
14. persekuto - pursuit, chase
15. pripensita - thought out, considered

4. Malkaŝante la Komploton

Detektivo Smith kaj lia teamo ne malŝparas tempon analizante la plej novan informon, kiu povus konduki ilin al malhelpo de la planita atako de Al Gaga. Ĉiu detalo estas skrupule ekzamenata, ĉiu ebleco konsiderata.

Iliaj klopodoj donas fruktojn. Ili konfirmas la celon de la atako, kio estas kruciale grava por la kazo. Smith rapide ŝanĝas direkton, planante la defendon de la loko. Tempo estas esenca, kaj ĉiu decido povus esti la diferenco inter sekureco kaj katastrofo.

Ili mobilizas pliajn policajn fortojn kaj specialajn unuojn, alvokante ĉiun disponeblan rimedon. La sekureco de la urbo estas en danĝero, kaj ili ne lasas ion ajn al hazardo.

Urĝa evakuado de la areo ĉirkaŭ la celo komenciĝas. Smith superrigardas la operacion, certigante, ke ĉiu civilulo estas movita al sekureco. La etoso en la urbo estas ŝarĝita per streĉo; la civitanoj sentas la pezon de la minacanta danĝero.

Estas vetkuro kontraŭ la horloĝo. La teamo laboras rapide kaj efike, starigante kontrolpunktojn tra la urbo por monitori kaj kontroli movadon.

Meze de la ĥaoso, radio de espero aperas. Civitano vokas kun kruciala informo, ebla kondukilo pri la loko de la kaŝejo de Al Gaga. Smith prenas la gvidon, direktante sian teamon al rejdado de la kaŝejo.

La rejdado estas intensa sed sukcesa. Ili kaptas plurajn ŝlosilajn membrojn de la terora grupo. Ĉi tiuj kaptitoj estas esencaj, ofertante ŝancon akiri pli profundajn komprenojn pri la planoj de Al Gaga.

La enketo de la kaptitaj membroj estas intensa. Smith kaj lia teamo premas por informoj, kaj finfine, ili malkovras la plenajn detalojn de la planita atako.

Kun ĉi tiu nova informo, Smith scias, ke ili devas rapide adaptiĝi. Planoj estas ŝanĝitaj, strategioj reviziitaj. La teamo laboras senlace, konscia pri la graveco de la situacio.

Dum la urbo retenas sian spiron, Smith kaj lia teamo staras pretaj, preparitaj por la fina konfrontiĝo. Ili estas la lasta linio de defendo por la urbo, kaj ili staras rezolutaj, deciditaj haltigi Al Gaga kaj protekti la urbon je ĉiuj kostoj.

1. adaptiĝi - to adapt, adjust
2. alvokante - summoning, calling upon
3. ĉirkaŭ - around, surrounding
4. defenda - defensive
5. endanĝerigita - endangered, jeopardized
6. evakuado - evacuation
7. inspektas - inspects, oversees
8. intensa - intense, strong
9. kaŝejo - hideout, cache
10. klopodoj - efforts, endeavors
11. kondukilo - lead, clue
12. konsileto - tip, piece of advice
13. malstreĉiĝo - relaxation, relief
14. minaco - threat, menace
15. rejdado - raid, operation

5. Haltigante Al Gaga

La aero estas densa kun streĉo dum Detektivo Smith kaj lia teamo prepariĝas por la fina operacio kontraŭ Al Gaga. Ili estas en pozicio ĉirkaŭ la celita areo, pretaj por kio ajn venos sekve.

La atendado estas la plej malfacila parto; ĉiu sekundo ŝajnas senfine daŭri dum ili atente observas por ajna signo de la atakantoj. La teamo estas vigla, iliaj sentoj pliigitaj en anticipado.

Subite, movado. Grupo estas rimarkata alproksimiĝanta al la celo. Sen hezito, Smith signalas al sia teamo eniri en agadon. Ĉi tio estas la momento, por kiu ili prepariĝis.

Kun precizeco kaj rapideco, ili interceptas la atakantojn. Estas proksima voko, sed per sia rapida reago, la teamo sukcesas malhelpi la atakon ĝustatempe. La ebla katastrofo estas evitita, la urbo savita de tio, kio povus esti terura tragedio.

La restantaj membroj de Al Gaga estas rapide arestitaj kaj alportitaj en prizorgon antaŭ ol ili povas fari pli da damaĝo. La teamo zorge serĉas la areon por ajnaj eksplodaĵoj, certigante ke neniu plua minaco restas.

La urbo, kiu estis retenanta sian spiron, nun elspiras kolektivan suspiro de malstreĉiĝo. La novaĵo pri la malhelpita atako disvastiĝas, kaj la polico publike anoncas la sukcesan haltigon de la plano de Al Gaga.

Laŭdo verŝiĝas al Smith kaj lia teamo. Ili estas laŭditaj kiel herooj, ilia rapida pensado kaj kuraĝo savis multajn vivojn. Post la okazaĵo, Smith prenas momenton por pripensi la kazon, kiu kaptis la urbon en timo.

Poste, estas trankvila festo inter la teamo. Ili travivis teruran sperton kune, kaj ĉi tiu sukceso alportas ilin pli proksimen. La urbo nun sentas sin iom pli sekura, la minaco de Al Gaga malpliigita.

Rigardante antaŭen, Detektivo Smith estas preta por ĉiu ajn defio, kiu venos sekve. Li estas dediĉita al protektado de la urbo kaj ĝiaj homoj, preta alfronti ĉiujn novajn minacojn, kiuj povus aperi. Kun ĉi tiu venko, lia rezolucio nur plifortiĝas, lia dediĉo restas neŝancelebla. La urbo eble estis testita, sed ĝi staras forta, ĝia sekureco gardata de tiuj, kiuj ĉiam estas pretaj servi.

1. alfronti - to confront, face
2. alproksimiĝanta - approaching
3. anticipado - anticipation
4. arestitaj - arrested
5. celita - targeted, intended
6. deciditaj - determined, resolute
7. eksplodaĵoj - explosives
8. interceptas - intercepts, catches
9. kuraĝo - courage, bravery
10. laŭdo - praise, acclaim
11. malstreĉiĝo - relaxation, relief
12. meticeme - meticulously, carefully
13. plifortiĝas - strengthens, intensifies

14. preta - ready, prepared
15. voko - call, appeal

La Malbona Nebulo

1. La Mistera Nebulo

En malgranda angla vilaĝo, io stranga okazas. Ĉiun nokton, densa nebulo ruliĝas enen, kovrante ĉion. Ĝi estas tiel densa, ke vi ne povas vidi vian manon antaŭ via vizaĝo. La vilaĝanoj, afabla grupo, komencas diskuti pri ĝi.

Detektivino Jane Ellis, juna kaj fervora, aŭdas pri ĉi tiu nebulo. Ŝi estas scivolema, do ŝi decidas esplori ĝin. Ŝi estas inteligenta kaj ne timas defiojn.

Jane komencas parolante kun la vilaĝanoj. Ili ĉiuj iomete timas. Ili diras, "La nebulo ne estas natura. Ĝi estas tro densa kaj venas tro rapide." Iuj eĉ asertas, ke ili aŭdas strangajn sonojn el la nebulo. Sed neniu iam vidis ion.

Ĉiun nokton, la nebulo ŝajnas pli densiĝi, rampante pli proksime al la vilaĝo. Jane rimarkas ion alian strangan: la vilaĝaj bestoj, la hundoj kaj katoj, ŝajnas vere timi la nebulon.

Do, Jane havas ideon. Ŝi starigas fotilojn ĉirkaŭ la vilaĝo por vidi, kio okazas nokte.

Tiun nokton, ŝi kontrolas la fotilajn bildojn. Ŝi vidas ombrojn moviĝantajn en la nebulo. Estas malfacile diri, kio ili estas, sed ili estas sendube tie.

La sekvan matenon, Jane trovas piedspurojn proksime al la rando de la nebulo. Ili estas strangaj, ne tute kiel homaj piedspuroj.

La pli aĝaj vilaĝanoj flustras pri malnova legendo. Ili diras, "Estas fantomo en la nebulo. Ĝi estis ĉi tie dum jaroj." Jane ne kredas je fantomoj, sed ŝi estas intrigita.

Ŝi iras al la loka biblioteko kaj trovas malnovan libron pri vilaĝaj legendoj. La libro parolas pri estaĵo, kiu vivas en la nebulo. Sed ĝi estas nur rakonto, ĉu ne?

Jane planas resti maldorma la tutan nokton por mem observi la nebulon. Kiam la nebulo envenas, ŝi aŭdas malaltan, fantoman sonon. Ĝi estas kiel nenio, kion ŝi iam aŭdis antaŭe. Jane sentas frison kuri malsupren ŝia vertebraro. La nebulo ĉirkaŭas ŝin, kaj ŝi estas sola en la malvarma nokto.

1. aŭdas - hears
2. ĉirkaŭas - surrounds, envelops
3. densa - dense, thick
4. estaĵo - creature, being
5. fantomsonan - ghostly, eerie
6. fervora - enthusiastic, eager
7. flustras - whispers
8. frison - shiver, chill
9. inteligenta - intelligent, smart
10. katoj - cats
11. legendo - legend, myth
12. malnova - old, ancient
13. nebulo - fog, mist
14. ombrojn - shadows
15. piedspurojn - footprints

2. La Fantomsona Melodio

La sekvan nokton, Jane denove eliras. La nebulo envenas, densa kaj peza. Tiam ŝi aŭdas ĝin: stranga melodio, mola kaj fantoma. Ĝi venas el la nebulo. La koro de Jane bategas rapide. Ŝi timas, sed ŝi devas scii pli.

Ŝi sekvas la sonon, kiu kondukas ŝin al iu loko. Tra la nebulo, ŝi vidas malnovan domon, forlasitan kaj timigan.

Jane eniras. En la malhela lumo, ŝi trovas malnovan muzikskatolon. Ĝi ludas tute sola. La melodio estas bela sed malgaja.

Subite, la muziko haltas. La nebulo komencas rampi en la domon. Jane sentas frison. Tiam ŝi sentas ion tuŝi ŝian ŝultron. Ŝi rapide turniĝas, sed tie estas neniu.

Jane eliras el la domo kiel eble plej rapide. Ŝi neniam estis tiel timigita.

Reveninte al la vilaĝo, Jane rakontas ĉion, kion ŝi trovis. Iuj el la vilaĝanoj nun vere timas. Ili parolas pri foriri ĝis la nebulo malaperos.

Sed Jane volas scii pli. Ŝi iras al la biblioteko kaj eltrovas, ke la malnova domo apartenis al muzikisto, kiu malaperis antaŭ multaj jaroj.

Tiu nokto, la nebulo ŝajnas malsama. Ĝi estas kvazaŭ ĝi vokas iun per sia melodio. Jane sentas, ke ĝi vokas ŝin.

Ŝi decidas reiri al la domo. Ŝi volas malkovri ĝiajn sekretojn. La vilaĝanoj diras al ŝi esti singarda. Ili zorgas pri ŝi. Sed Jane scias, ke ŝi devas reiri. Ŝi devas eltrovi la veron pri la nebulo kaj la melodio.

1. apartenis - belonged, pertained
2. bategas - beats, pounds
3. biblioteko - library
4. eliras - exits, leaves
5. eltrovas - discovers, finds out
6. eniras - enters
7. fantomsone - eerily, ghostly
8. forlasita - abandoned, forsaken
9. frison - shiver, chill
10. malaperis - disappeared, vanished
11. melodio - melody, tune
12. muzikisto - musician
13. muzikskatolon - music box
14. nebulo - fog, mist
15. singarda - cautious, careful

3. La Sekreta Ĉambro

Jane reiras al la fantomdomo. Ŝia torĉo brilas en la mallumo. Ŝi sentas sin kuraĝa, sed ankaŭ iomete timigita.

Interne, ŝi rigardas ĉirkaŭe kaj trovas sekretan ĉambron kaŝitan malantaŭ librobretaro. La ĉambro estas plena de malnovaj muzikaj instrumentoj, kiuj aspektas tre malnovaj kaj polvokovritaj.

En la ĉambro, Jane trovas taglibron. Ĝi apartenis al la muzikisto, kiu iam vivis tie. La taglibro enhavas multajn notojn kaj rakontojn.

Unu rakonto en la taglibro estas tre stranga. Ĝi parolas pri malpermesita melodio. La muzikisto skribis, ke ĉi tiu melodio povus alvoki spiritojn.

Jane denove aŭdas la melodion. Ĝi venas de sube. Ŝi sekvas ĝin al la kelo.

La kelo estas malhela kaj malvarma. Sur la muroj estas strangaj simboloj, kiujn Jane ne komprenas.

Ŝi sentas kvazaŭ iu observas ŝin. Estas tre timige. Subite, la pordo al la kelo batfermas. Jane estas enkaptiligita!

Ŝi provas malfermi la pordon, sed ĝi estas blokita. Ŝi ne povas eliri. Jane prenas sian telefonon kaj vokas helpon.

Dum ŝi atendas, ŝi legas pli el la taglibro. La muzikisto skribis pri parolado kun spiritoj per sia muziko. Li diris, ke la spiritoj loĝas en la nebulo.

La nebulo komencas eniri en la kelon. Jane sentas sin terurita. Tiam ŝi sentas malvarman spiron sur sia kolo. Ŝi rapide turniĝas, sed tie neniu estas. Ŝi sentas sin tre sola kaj esperas, ke helpo baldaŭ venos.

1. batfermas - slams shut
2. brilas - shines, glows
3. enkaptiligita - trapped, enclosed
4. fantoma - ghostly, phantom
5. kuraĝa - brave, courageous
6. librejo - bookcase, library
7. malvarma - cold, chilly
8. melodio - melody, tune
9. muzikaj - musical

10. nebulo - fog, mist
11. parolado - speaking, conversation
12. rakontojn - stories, tales
13. sekreta - secret, hidden
14. simboloj - symbols, signs
15. spiritojn - spirits, ghosts

4. Malmiksiĝante la Misteron

Jane reiras al la malnova domo. Ŝi estas forta kaj preta eltrovi, kio vere okazas. Ŝi atente ekzamenas la muzikskatolon kaj trovas sekretan parton en ĝi. Ene, estas malgranda, malnova foto.

La foto montras la muzikiston kaj alian viron. Jane ne scias, kiu li estas, do ŝi esploras la viron en la foto. Ŝi malkovras, ke li estis alia muzikisto—la rivalo de la muzikisto.

Jane ekscias, ke la rivalo malaperis antaŭ longa tempo, en la sama periodo kiel la muzikisto. Jane pensas, ke la stranga melodio povus esti sekreta mesaĝo. Ŝi reiras al la vilaĝo por eltrovi pli.

Ŝi parolas kun pli aĝaj homoj en la vilaĝo. Unu maljuna viro memoras la du muzikistojn. Li diras, ke ili ne ŝatis unu la alian. Jane iras al la vilaĝa biblioteko por lerni pli pri la du muzikistoj. Ŝi malkovras, ke ili verkis la melodion dum ili estis en konflikto.

Tiu nokto, ŝi denove aŭdas la melodion. Ĝi gvidas ŝin al la vilaĝa tombejo. En la tombejo, ŝi trovas tombon sen nomo. Ŝi suspektas, ke ĝi estas la tombo de la rivalo.

Jane kredas, ke io malbona okazis al la rivalo. Ŝi decidas elfosi la tombon por eltrovi pli.

1. aĝaj - elderly, aged
2. batalis - fought, battled
3. elfosi - to dig up, excavate
4. eltrovas - discovers, finds out
5. esploras - investigates, researches

6. fotografio - photograph, photo
7. malbona - bad, evil
8. malgranda - small, little
9. malmiksiĝante - unraveling, resolving
10. melodion - melody, tune
11. muzikistojn - musicians
12. parolas - speaks, talks
13. rivalo - rival, competitor
14. sekreta - secret, hidden
15. tombejo - cemetery, graveyard

5. La Vero Malkaŝita

Ili elfosas la tombon kaj trovas la korpon de la rivalo. Estas signoj, ke li estis vundita. La polico ekscias, ke la korpo estas ligita al la malnova domo.

Jane malkovras, ke la fantomaj sonoj ne estis realaj. Ili estis registrado, kiu ludis ĉiun nokton. La registrado estis farita de la muzikisto, kiu sentis sin tre kulpa pri tio, kion li faris.

La muzikisto kaj lia rivalo havis grandan batalon, kaj la muzikisto akcidente vundis sian rivalon. Poste, li forkuris. Jane nun komprenas la nebulon: ĝi estis nur ordinara nebulo, kaj homoj estis timigitaj.

La homoj en la vilaĝo estas feliĉaj ekscii la veron. Ili rememoras la muzikiston, kiun neniu vere konis. Jane sentas malĝojon por la muzikisto sed estas feliĉa, ke ŝi solvis la kazon.

Ŝi informas la policon pri ĉio. La kazo nun estas fermita. La vilaĝanoj ĉesigas la ludon de la muzikskatolo. La timiga melodio malaperis.

La nebulo ne plu venas, kaj ĉio estas denove normala. La malnova domo estas riparita kaj fariĝas loko por ĉiuj uzi.

Jane pripensas kiel kulpo povas ŝanĝi ĉion. Ŝi pretiĝas forlasi la vilaĝon, preta por nova mistero.

1. batalon - battle, fight
2. elfosas - digs up, excavates
3. fermita - closed, concluded
4. fantomaj - ghostly, phantom
5. fariĝas - becomes, turns into
6. haltigas - stops, halts
7. korpon - body, corpse
8. kulpon - guilt, blame
9. ludiĝis - was played, was performed
10. malnova - old, ancient
11. malperis - disappeared, vanished
12. muzikisto - musician
13. nebulo - fog, mist
14. registro - recording, record
15. ripatita - repaired, restored

Fantomo en la Brita Muzeo

1. La Ombro en la Muzeo

En la Brita Muzeo de Londono, fama loko plena de antikvaj trezoroj, io stranga okazas. Nokta gardisto, timigita kaj maltrankvila, raportas vidi misteran ombron moviĝantan inter la ekspoziciaĵoj. Tio alportas Detektivon Cooper, konatan pro sia praktika kaj sperta aliro, en la bildon.

En sia unua tago, Cooper marŝas tra la muzeo, sed ĉio aspektas normala. Li tiam komencas paroli kun la muzea personaro, demandante ĉu ili rimarkis ion strangan. Neniu diras multon, escepte de iom da zorgo pri unu aparta ekspoziciaĵo: antikva egipta relikvo, kiu kaptas la atenton de Cooper.

Poste, Cooper revizias la sekurecajn filmojn. Inter la horoj da registradoj, li ekvidas fugan ombron. Tio ekinteresas lin, kaj li decidas resti en la muzeo dum la nokto, esperante kapti pli proksiman rigardon al kio ajn kaŭzas la perturbon.

La muzeo nokte estas alia mondo. Dum Cooper patrolas proksime al la egipta ekspoziciaĵo, li komencas aŭdi strangajn murmurojn, eĥantajn tra la malplenaj haloj. Tiam la temperaturo draste malaltiĝas en la egipta sekcio, igante lin tremi malgraŭ sia peza mantelo.

Sekvante la murmurojn, Cooper provas ĉasi la ombron, kiun li vidis en la filmoj, sed ĝuste kiam li pensas, ke li estas proksima, ĝi malaperas en malplena aero. Proksime al la ekspoziciaĵo, li malkovras ion nekutiman: malnovan, polvokovritan taglibron, forlasitan kaj forgesitan.

Malfermante la taglibron, Cooper trovas ĝin plenan de skribaĵoj pri antikvaj malbenoj. Ĝi estas malnova kaj fragila, kaj dum li singarde turnas la paĝojn, li lernas pri la historio kaj mitoj ĉirkaŭ la egipta relikvo. Li tiam malkovras surprizan fakton: la relikvo estis lastatempe akirita sub strangaj kaj iom misteraj cirkonstancoj.

Dum la nokto progresas, Cooper konscias, ke ĉi tiu kazo estas pli kompleksa ol simpla ŝerco aŭ ludo de lumo. Estas historio ĉi tie, rakonto atendanta esti malkovrita, kaj li estas nur ĉe la komenco de ĝia esplorado.

1. akirita - acquired, obtained
2. antikvaj - ancient, antique
3. ĉi - this, here
4. ekspoziciaĵoj - exhibits, display items
5. famaj - famous, well-known
6. fragila - fragile, delicate
7. lastatempe - recently, lately
8. malaltiĝas - lowers, decreases
9. malbenoj - curses, hexes
10. misteraj - mysterious, enigmatic
11. murmurojn - murmurs, whispers
12. nokta gardisto - night guard, night watchman
13. patrolas - patrols, watches over
14. praktika - practical, pragmatic
15. skribaĵoj - writings, scripts

2. La Nevidebla Ŝtelisto

La sekvan matenon ĉe la Brita Muzeo, aperas problemo: tre valora artefakto malaperis. Detektivo Cooper, kun siaj akraj okuloj, esploras la lokon, kie la artefakto estis antaŭe. Li rigardas ĉien, sed ne estas rompitaj fenestroj aŭ pordoj. Vere mistera afero.

Cooper parolas kun homoj, kiuj scias multe pri antikvaĵoj. Li demandas ilin pri la malaperinta artefakto, kaj ili diras al li, ke ĝi estas tre malnova kaj tre grava. Cooper komencas pensi, ke ĉi tiu malaperinta artefakto kaj la ombro, kiun li vidis, povus esti konektitaj.

Li poste parolas kun homoj, kiuj vizitis la muzeon. Unu vizitanto memoras vidi iun strangulon, kiu kondutis nervoze proksime al la loko, kie la artefakto estis. Cooper atente aŭskultas kaj komencas spekuli pri kiu povus esti ĉi tiu ŝtelisto.

Tiun nokton, Cooper decidas resti en la muzeo denove. Kaj li denove vidas la ombron, kiu moviĝas kviete inter la ekspoziciaĵoj.

Cooper provas sekvi ĝin, sed ĝi estas kiel provi kapti fumon per siaj manoj.

Dum la persekuto de la ombro, Cooper trovas ion mirindan: kaŝitan pordon malantaŭ la egipta ekspoziciaĵo. Ĝi estas tre malnova kaj kovrita per polvo. Li sekvas mallarĝan, malluman pasejon, kiu kondukas al ŝlosita pordo profunde en la kelo de la muzeo.

Cooper rompas la ŝlosilon kaj malfermas la pordon. Ene, li trovas ĉambron plenan de ŝtelitaj artefaktoj. Ŝajnas, kvazaŭ iu ŝteladis el la muzeo dum longa tempo.

Subite, la muzeo pleniĝas per bruo. La alarmo eksonas, kaj ĉiuj kuras ĉirkaŭe. Meze de ĉio ĉi, Cooper trovas noton. Ĝi estas malnova kaj malfacile legebla, sed ĝi enhavas indicon pri kial iu ŝtelus ĉi tiujn aĵojn.

Cooper scias, ke li estas sur la vojo al io granda. Ĉi tio ne temas plu nur pri ombro aŭ malaperinta artefakto. Ĝi estas vera puzlo, kaj li ĵus komencas kunmeti la pecojn.

1. alarmo - alarm
2. antikvaj - ancient
3. arteĝakto - artifact
4. aŭskultas - listens
5. bruo - noise, sound
6. esploras - investigates, examines
7. kaŝitan - hidden
8. keleron - cellar, basement
9. kovrita - covered
10. malapera - missing, disappeared
11. malluma - dark, dim
12. mirinda - wonderful, amazing
13. nervose - nervously
14. pasejon - passage, corridor
15. polvo - dust, powder

3. La Sekreta Kolektanto

La sekvan tagon, Detektivo Cooper rigardas la noton. Ĝi estas malnova kaj parolas pri "kolektado de la ombroj de historio." Li profunde pensas pri kion ĉi tio povus signifi.

Cooper ekscias, ke la ŝtelisto amas malnovajn rakontojn kaj legendojn. Li komencas listigi ĉiujn malaperintajn artefaktojn, kaj rimarkas, ke ĉiu el ili estas ligita al fama legendo.

Li parolas kun homoj, kiuj bone konas mitojn kaj legendojn. Ili rakontas al li pri viro, kiu estas obsesita pri ĉi tiuj rakontoj. Li estas kolektanto, kiu loĝas izolite kaj malofte komunikas kun aliaj.

Cooper decidas, ke li devas trovi ĉi tiun kolektanton. Li serĉas ĉie kaj fine trovas grandan, malnovan domegon kaŝitan for. Ĝi estas kvieta kaj timiga.

Li eniras la domegon. Ĝi aspektas kiel muzeo interne, plena de malnovaj aĵoj el la tuta mondo. Cooper apenaŭ povas kredi siajn okulojn.

En la domego, li renkontas la kolektanton. La viro estas maljuna kaj parolas pri sia amo por historio. Li diras, ke li prenis la artefaktojn por savi ilin, ĉar li kredas, ke li faras la ĝustan aferon.

Cooper sentas sin konfuzita. La kolektanto volas savi historion, sed li ankaŭ ŝtelas. Cooper scias, ke li devas fari sian laboron.

Li vokas pli da policanoj por veni. Ili bezonas aresti la kolektanton kaj redoni la artefaktojn al la muzeo. Cooper sentas sin malgaja, sed scias, ke tio estas la ĝusta afero por fari.

La polico venas kaj forprenas la kolektanton. Ili ankaŭ prenas ĉiujn artefaktojn por revenigi ilin al la muzeo, kie ĉiuj povos vidi ilin. Detektivo Cooper sentas sin kontenta pri solvado de la kazo, sed ankaŭ multe pensas pri historio kaj pri kion ĝi signifas por homoj.

1. amo - love, affection
2. apenaŭ - barely, hardly

3. arteĝaktojn - artifacts
4. ĉiujn - all, every
5. domegon - mansion, large house
6. historio - history
7. kolektanto - collector
8. kolektado - collecting, gathering
9. kviete - quietly, silently
10. maljuna - old, elderly
11. malnova - old, ancient
12. mitoj - myths
13. policoj - police
14. rakontojn - stories, tales
15. revenos - will return

4. La Eĥoj de Historio

La kolektanto estas alportita al la policejo. Detektivo Cooper kaj lia teamo demandas al li multajn demandojn. La viro parolas pri malnova rakonto ligita al la artefaktoj.

Cooper kaj lia teamo ne kredas la rakonton. Ili diligente laboras por montri, ke ĝi ne estas vera. Tamen, la rakonto pri la artefaktoj fariĝas fama, kaj multaj homoj komencas paroli pri ĝi.

La polico redonas la ŝtelitajn aĵojn al la Brita Muzeo. La muzeo starigas novan ekspozicion pri ĉi tiuj aĵoj, kiu estas tre interesa kaj allogas multajn vizitantojn.

Homoj laŭdas Cooper pro lia bona laboro pri la kazo. Li multe pensas pri malnovaj rakontoj kaj pri la naturo de vera historio. Ĝi estas malfacila temo por kompreni.

Ĉe la ekspozicio, io surpriza okazas. Unu el la malnovaj aĵoj enhavas sekretan parton. Kiam iu tuŝas ĝin, ĝi malfermas kaŝitan ĉambron en la muzeo.

La kaŝita ĉambro estas plena de tre malnovaj dokumentoj kaj artefaktoj. Historiistoj deklaras, ke ĝi estas granda malkovro kaj tre grava por kompreni historion.

La muzeo zorgeme prizorgas la novan ĉambron kaj eksamenos ĉion, kio estas ene. Cooper finas la kazon, sentante sin kontenta pro tio, kion li atingis.

Li pretiĝas por sia sekva kazo, ekscitita pri tio, kion li eble trovos poste. Cooper nun amas historion eĉ pli.

1. alportita - brought, taken
2. arteĝaktoj - artifacts
3. demandojn - questions
4. ekscitita - excited, thrilled
5. ekspozicio - exhibition, display
6. historiistoj - historians
7. kaŝita - hidden, secret
8. komprei - understand, comprehend
9. laŭdas - praises, commends
10. ligitaj - linked, connected
11. malnova - old, ancient
12. muzeo - museum
13. paperoj - papers, documents
14. rakonto - story, tale
15. ŝtelitajn - stolen

5. La Fino de la Ombro

La ekspozicio de la muzeo estas tre populara. Multaj homoj venas por vidi la malnovajn aĵojn kaj lerni pri la veraj rakontoj malantaŭ ili.

En la lasta nokto de la ekspozicio, Cooper estas ĉe la muzeo. La strangaj ombroj kaj sonoj malaperis, kaj ĉiuj sentas sin feliĉaj kaj sekuraj.

La muzeo organizas grandan feston por celebri la finon de la ekspozicio kaj esprimi dankon al Cooper. Li sentas sin tre fiera kaj feliĉa.

La estro de la muzeo speciale dankas Cooper, esprimante profundan dankemon pro lia helpo. Cooper pripensas sian tempon ĉe la muzeo.

Li meditas pri malnovaj rakontoj kaj pri kiel potencaj ili povas esti. La kazo ŝanĝis lian vidpunkton pri malnovaj aĵoj. Li lernis multe de ĉi tiu aventuro.

Cooper forlasas la muzeon sentante sin bone. Li estas kontenta pri kiel la kazo finiĝis kaj revenas al sia normala laboro.

Ĉe la policejo, estas nova kazo por li. Cooper estas ekscitita pri la nova defio. Li malfermas la dosieron de la kazo, preta komenci.

La rakonto finiĝas, sed la laboro de Cooper daŭras. Li ĉiam estas preta por novaj misteroj.

1. aventuro - adventure, venture
2. celebri - to celebrate, commemorate
3. daŭras - continues, lasts
4. dankema - grateful, thankful
5. defio - challenge, dare
6. dosiern - file, dossier
7. ekscitita - excited, thrilled
8. estro - leader, head
9. festo - party, celebration
10. fiera - proud, arrogant
11. finiĝis - ended, finished
12. fino - end, conclusion
13. forlasas - leaves, abandons
14. laboro - work, job
15. pripensas - contemplates, reflects

More Esperanto readers:

www.briansmith.de